Wenn die Würfel fallen …

Petra Starosky

Wenn die Würfel fallen ...

Ein Roman von Petra Starosky

Originalausgabe © 2015
Petra Starosky

Alle Rechte vorbehalten
www.Petra-Starosky.de

Umschlaggestaltung: Petra Starosky

Herstellung und Verlag:
BoD – Books on Demand, Norderstedt
ISBN 978-3-7347-4476-1

Alle Personen und Begebenheiten in diesem Roman sind frei erfunden. Ähnlichkeiten mit lebenden Personen sind rein zufällig und nicht beabsichtigt.

MIX
Papier aus verantwortungsvollen Quellen
Paper from responsible sources
FSC® C105338

Bulgarien

September 1390

Nahe der reichen Zarenstadt Tarnowo

1

„Wirt, bringt mehr Wein!"
Eine scharfe Stimme schnitt sich durch das Stimmengewirr der verräucherten Schänke.

Der beleibte Wirt zuckte erschrocken zusammen. Kaum kam er an diesem Abend hinterher, die durstigen Kehlen seiner zahlreichen Gäste zu laben. Doch die beiden Fremden im dunkelsten Winkel der Wirtschaft schienen sie alle an unstillbarem Durst zu übertreffen.

Hastig füllte er zwei Krüge mit dem besten Rebensaft aus einem kleinen Fass. Nicht jedermann bekam diesen Trank. Für die meisten Gäste floss dünner Rotwein aus einem großen Eichenbottich in die Trinkbecher. Doch der Feistgesichtige mit den Schweineäuglein ließ sich nicht lumpen.
„Bringt mir das Beste aus Eurem Keller. Ich habe guten Grund, mich meinem Freund hier", dabei klopfte er dem zweiten Fremden auf die Schulter, „großzügig zu zeigen", flüsterte er dem Wirt zu, als sie am frühen Abend in die Schänke einkehrten.
Reichlich Münzen legte er für jeden Krug auf den Tisch.

Er drückte die Krüge seiner Tochter in die Hand.
„Du faules Stück, beeil dich!", herrschte er sie an, „und verärgere sie nicht!"

Yvetta kämpfte sich durch die dicht gedrängt sitzenden Männer. Geschickt wich sie grabschenden Händen aus, bis sie den Tisch in

der hintersten Ecke erreichte. Stechende Augen funkelten ihr aus dem Dunkel entgegen. Durst und Gier loderten im herrischen Blick.
Die beiden Fremden waren ihr unheimlich. Eine bösartige Aura umgab sie. Die stickige Luft im Raum war seltsam in ihrer Nähe, wie von einem Eiseshauch durchzogen.
Auch die anderen Gäste schienen es zu spüren. Niemand wollte sich zu ihnen gesellen, obwohl nur dort noch ein paar Plätze frei waren. Lieber quetschten sie sich zwischen die anderen Kaufleute, die bereitwillig zusammenrückten.
Alle schienen auf Abstand bedacht. Nur hin und wieder äugte einer von ihnen argwöhnisch hinüber.

Der Hagere mit dem bleichen, knochigen Gesicht kehrte nicht zum ersten Mal in der Wirtschaft ein. Meist kam er allein, saß wortlos in der Ecke und starrte in seinen Weinkrug. Dennoch fühlte sich Yvetta oft von seinen Augen verfolgt. Wie Nadelstiche spürte sie seine Blicke auf der Haut.

‚Wie ein Kaufmann sieht er nicht aus. Womit sollte er handeln?', überlegte sie. Es könnte nur etwas Anrüchiges oder gar Verbotenes sein, war sie sich sicher.
‚Welcher Anständige würde Waren bei einem so schmuddligen Händler kaufen?'

Yvetta durchzuckte ein Ekelschauer, als sie ihn verstohlen musterte. Sein bodenlanger Mantel, den er sich eng um seinen dürren Leib gewickelt hatte, starrte vor Dreck. Löcher klafften an mehr als einer Stelle.

‚Vater sollte ihn hinauswerfen. Er vergrault uns ja die Gäste.'
An das Ungeziefer, das sich sicher unter seiner Kleidung wohlfühlte, mochte sie gar nicht denken.
‚Wo sind eigentlich die Stecken mit dem Igelschmalz?'
Erst vor ein paar Tagen hatte der Knecht einen Igel erwischt, der sich an dem Wintervorrat Äpfeln vergriff. Sein Stachelkleid half ihm kaum, der Strafe zu entkommen. Für diese Freveltat bezahlte er mit seinem Leben und endete im Kessel. Allerdings wurde er nicht verspeist, sondern sein Fett ausgelassen, mit Blut vermischt und auf Hölzer gestrichen. Auf dieses ekelhafte Gemenge sprangen Flöhe besonders gern und klebten daran fest. So konnten sie die ungebetenen Begleiter, die die Reisenden aus aller Herren Länder mitbrachten, leicht wieder loswerden.
Aber Yvetta sah die Stecken nirgendwo in der Schänke.
‚Waren sie wahrlich schon voller Ungeziefer gewesen?'
Sie schüttelte ärgerlich den Kopf.
‚Was die Leute alles so mit sich herumschleppen ...!'

Am nächsten Morgen würden sie ausgiebig räuchern müssen, um die lästigen Krabbeltiere zu vertreiben.
‚Auch wenn es Vater nicht gefallen wird, er muss das kostbare Mastix herausrücken. Oder', fiel ihr ein, ‚vielleicht weiß Dilyana noch bessere Mittel.'
Yvetta schaute sich suchend um.
‚Wo zum Teufel steckt sie eigentlich?' Ihre Schwester war mal wieder nirgends zu sehen. Vermutlich ging sie ihrem eigenen Vergnügen nach.

‚Die nächsten Krüge kann Dilyana den beiden Säufern bringen', grollte Yvetta.

Sie zwang sich zu einem Lächeln, als sie die vollen Weinkrüge auf den Tisch stellte, vermied es jedoch, den Fremden in die Augen zu sehen.
Zumindest versuchte sie es.
Etwas Hartes umfasste schmerzhaft ihr Handgelenk.
Erschrocken starrte sie auf die Hand, die sie festhielt. Schwarze Fingernägel bohrten sich in ihr Fleisch. Die Finger waren so dürr, als wären sie nur Knochen mit ledriger Haut überspannt.
Ein widerlicher Hauch schlug ihr entgegen.

„Schau mich an, meine Schöne!", vernahm sie eine Stimme in ihrem Kopf.

Lähmendes Grausen kroch ihren Arm hinauf und fraß sich in ihren Geist. Das Stimmengewirr um sie herum verklang zu leisem Murmeln. Das ohnehin schwache Licht in der Schänke wurde noch dunkler. Angstvoll begann ihr Herz zu hüpfen.

Obwohl sich alles in ihr sträubte, hob sie gehorsam den Blick.
Zwei glühende Schlitze sprangen aus der rauchgeschwärzten Holzwand hervor.
‚Wie Raubtieraugen auf Beutejagd!', durchfuhr es Yvetta. Ein Schauder lief ihr über den Rücken.

Die Finger, die sie hart umklammerten, waren eiskalt. Doch aus den durchdringenden Augen - mehr Dämonenfeuer als menschlich - schlug ihr eine lodernde Glut entgegen.

Langsam schälte sich das auffallend bleiche Gesicht des Fremden aus der Wand, als er sich zu ihr vorbeugte. Ein Hauch Boshaftigkeit streifte sie und ließ sie zittern.

Der spitzen Nase folgten knochige Wangen, darunter blutleere Lippen, die sich von einem Ohr zum anderen zogen.

Das Grinsen machte Yvetta Angst.

Sie versuchte vorsichtig, ihren Arm aus der eisigen Umklammerung zu ziehen.

Sein Grinsen wurde noch breiter.

„Du gefällst mir, mein Kind."

Wie ein scharfes Messer schnitten sich die geflüsterten Worte in ihre Seele.

„Die Nacht ist jung wie du ..."

Yvetta fürchtete Schlimmes.

Schnell wandte sie den Kopf ab. Tränen stiegen ihr in die Augen.

Sie hoffte, er würde es nicht sehen.

‚Vater wird mich wieder schlagen, wenn ich den Freier verärgere.'

Kummer verdüsterte ihr Herz.

Mit einem lüsternen Schmatzen gab er ihre Hand so plötzlich frei, dass sie fast gestolpert wäre.

Ohne sich nochmals umzuwenden, eilte sie zurück hinter den Schanktisch.

Ihr Vater rieb sich bereits die Hände. Das Geschehen war seiner Aufmerksamkeit nicht entgangen.

„Oh Vater, bitte nicht", flehte Yvetta unter Tränen. „Ich fürchte mich vor ihm. Er ist so schmutzig und unheimlich."

Er verzog verächtlich das Gesicht.

„Stell dich nicht so an." Grob fasst er sie am Arm. „Deine Schwester ist da weniger zimperlich!", zischte er.

Unglücklich senkte Yvetta den Kopf.

„Hör auf zu heulen. Bring lieber die Krüge auf den Tisch."

Weitere Gäste klapperten ungeduldig mit leeren Weinkrügen.

„Beeil dich!"

Yvetta seufzte leise. Aber es blieb ihr nichts anders übrig, als sich zu fügen.

Sie wischte sich die Tränen von den Wangen und tat, wie ihr geheißen.

Die kleine Schänke unweit der Zarenhauptstadt barst in dieser Nacht fast aus allen Nähten. Am nächsten Morgen begann der Herbstmarkt in Tarnowo. Reisende Händler strömten aus allen Himmelsrichtungen zum Markt. Sie hofften auf gute Geschäfte in der reichen Stadt. Aber viele waren nicht gewillt, die Wucherpreise in Tarnowos Herbergen für eine Nacht zu zahlen. Und wer nicht in einem Lager unter freiem Himmel nächtigen wollte, blieb lieber eine gute Wegstunde vor den Stadttoren in dieser einfachen Einkehr.

Der Wirt mühte sich redlich, allen Wünschen seiner gut zahlenden Kundschaft nachzukommen. Dazu zählten nicht nur eine deftige Mahlzeit und viel Rotwein, sondern auch seine beiden Töchter.
Er liebte sie, wie ein Vater seine Kinder lieben sollte, doch wenn es ums Geschäft ging, mussten sie ihren Anteil beitragen. Schließlich waren sie in einem Alter, in dem sie mehr als nur Wein ausschenken konnten.

Einen Moment sah er Yvetta zu, wie sie die vollen Krüge auf die Tische stellte. Ihr weizenblondes Haar, zu Zöpfen geflochten, leuchtete hell durch die verrauchte Luft.

‚Manchmal würde ich selbst gern mit ihr …', dachte er. Eine sündige Glutwelle rollte von seinem Kopf bis in den Lendenbereich.
Sie war ein so zartes, junges Ding, verträumt und drückte sich schon gern mal vor lästiger Arbeit. Aber mit der nötigen väterlichen Strenge wurde sie folgsam.
Ganz anders dagegen ihre ältere Schwester – robust gebaut, fleißig und umsichtig. Sie schien die erfreuliche Gabe ihrer Mutter geerbt zu haben, die Wünsche der Gäste bereits zu ahnen, bevor sie sie aussprachen. Dilyana war in vielerlei Hinsicht das Ebenbild ihrer Mutter. Zu seinem großen Kummer hatte es dem Herrgott gefallen, sie bereits aus dem ersten Kindbett zu sich zu rufen. Ihm blieb damals nichts weiter übrig, als sich bald wieder zu vermählen.
‚Oh meine gute Zorica!'
Er seufzte beim Gedanken an sein zweites Eheweib, das vor mehr als zwei Jahren von marodierenden Osmanen verschleppt wurde.

Man fand ihren geschundenen Leichnam einige Tage später im Wald.

Hastig nahm er einen tiefen Schluck aus seinem Krug, um die Trauer zu vertreiben. Sie war ihm zeitlebens ein gutes Weib gewesen, arbeitsam und willig. Manch ein Händler hielt nur ihretwegen seine Karawane an der kleinen Schänke an.

Mehr als einmal fragte eine hinterlistige Stimme in seinem Geist, ob nicht Yvetta auch ein Geschenk der Willigkeit seines Weibes sein könnte.

‚Wenn sie nicht meine Tochter wäre, ja, dann …'

Er wagte es jedoch niemals, den Gedanken zu Ende zu spinnen. Hastig bekreuzigte er sich.

Yvetta kehrte mit den leeren Weinkrügen zurück. Ihre Tränen waren versiegt, sie lächelte sogar schon wieder.

„So ist es brav." Aufmunternd streichelte der Vater ihre Wange.

„Vater, der edle Herr dort am Fenster wünscht, mit dir zu sprechen."

Der Wirt blickte hinüber. Der in teure Tuche gehüllte Gast nickte ihm zu.

Hastig rollte der Wirt seine Leibesfülle durch die dichtgedrängt sitzenden Händler und Kaufleute.

„Mein Herr, was kann ich für Euch tun?"

Der Fremde deutete dem Wirt, näher zu kommen.

„Der Mond ist heute nur ein schmaler Nagel, scharf und gefährlich!", flüsterte er heiser. „Böses kriecht beim schwachen Schein des Himmelslichts aus seinen stinkenden Löchern. Im Mäntelchen der Reisenden schleicht es sich ein."

Er deutete kaum merklich mit seinem Kinn in Richtung der zahlreichen Gäste.

„Ihr meint die ungebetenen Krabbler, die wohl viele begleiten? Lästig sind sie allemal, aber bösartig?" Der Wirt schüttelte den Kopf. „Nein, dagegen haben wir unsere Mittelchen."

„Was kümmert mich das Ungeziefer!", zischte der Fremde.

„Schlimmeres steht zu befürchten. Ich bin in großer Sorge. Die Gestirne reihen sich zu unheilvollen Bildern auf."

Er schaute zum Fenster hinaus. Der Wirt folgte verständnislos seinem Blick. Wie ein klebriges Gespinst hüllten die seltsamen Worte ihn ein.

„Nehmt meinen Rat an. Passt gut auf Eure Töchter auf! Das Unheil lauert in finsteren Ecken, auch in den Ecken Eurer Schänke!"

Verwirrung breitete sich im Geist des Wirtes aus und spiegelte sich auf seinem Gesicht wider.

Er brachte keinen Ton heraus, obwohl ihn die un-verständlichen Worte ärgerten.

‚Wieder so ein Spinner von Astrologen', dachte er verächtlich.

„Haltet Eure Töchter besonders von den beiden dort in der dunklen Nische fern! Hütet Euch selbst vor teuflischer Verführung!"

Der Wirt versuchte, seine Benommenheit abzuschütteln.

„Herr, ich verstehe nicht ..."

„Die dunkelste Stunde der Nacht wird Euer Schicksal entscheiden. Drohend schwebt ein Schatten unsäglichen Leids über Eurem Haupt", flüsterte der Fremde eindringlich.

„Um Euer Seelenheil willen und das Eurer Töchter - widersteht der Versuchung!"

Einen endlosen Moment fixierte er den Wirt mit durchdringendem Blick, als ob er seine Warnung in dessen Seele einbrennen wollte.

„Ich werde Euch und Eure schönen Töchter im Auge behalten."

Mit diesen Worten entließ er den Wirt schließlich aus seinem Bann.

Yvetta blickte hoffnungsvoll auf, als ihr Vater hinter den Schanktisch zurückkehrte. Er wich ihren fragenden Augen jedoch aus.

„Erkundigte er sich nach mir?" Ihr gefiel der gutaussehende Fremde.

„Ich könnte ihm mehr als das Übliche bieten und ihm noch weitere Goldstücke entlocken."

Der Vater schüttelte geistesabwesend den Kopf. Die mysteriösen Worte wälzten sich durch sein Hirn, doch blieb ihm der Sinn verborgen.

‚Welches Unheil, welche Verführung mochte er gemeint haben?'

Ungeduldige Rufe nach mehr Wein verdrängten bald diese unliebsamen Gedanken.

2

Als der Wirt sich den Gästen zuwandte, huschte Yvetta aus der Schankstube.

Auf dem Hof blieb sie an die Hauswand gelehnt stehen und atmete tief den Duft der lauen Spätsommernacht ein. Sie lauschte dem Gesang der Zikaden.

„Ihr fröhlichen Musikanten in der Dunkelheit", flüsterte sie, „kennt keinen Kummer und keine Sorgen wie meine."

Yvetta beneidete sie um ihre Unbeschwertheit, mit der sie durch die Wiesen sprangen.

‚Genau wie Petre', dachte sie traurig. Der schwarzäugige Gauklerjunge erschreckte sie eines Nachmittags, als sie am Waldrand Beeren sammelte. Er zog einen kleinen Bären an einem Nasenring hinter sich her. Er lachte sie aus, als sie vor dem wilden Tier flüchten wollte. „Du brauchst dich nicht vor ihm zu fürchten. Er ist ein braver Tanzbär. Schau nur!" Auf ein Zeichen stellte sich der Bär auf die Hinterpfoten und begann, sich im Kreis zu drehen.

Begeistert klatschte Yvetta in die Hände.

„Aber was machst du im Wald?"

„Meine Sippe rastet in der Nähe. Siehst du dort hinten die Wagen? Heute sind wir hier, morgen woanders. Bald ziehen wir weiter in die Stadt. Und vielleicht tanzt unser Kolja in diesem Jahr sogar im Zarenpalast", prahlte Petre.

Yvetta glaubte ihm nicht. Doch schon am nächsten Tag war die Lichtung im Wald verlassen. Nur der Rest eines Feuers erinnerte an sie.

Ihr Blick schweifte sehnsüchtig zum sternenklaren Himmel hinauf. Der gute alte Mond schaukelte als Erntesichel im nächtlichen Feld der Unendlichkeit.

„Du siehst so manches auf deinen Wanderungen. Wie gern würde ich dich begleiten, über Wiesen und Berge bis an das Meer. Und wie gern möchte ich einmal die prächtige Zarenstadt sehen, von der die Händler so viel erzählen. Aber, ach", sie seufzte traurig, „ich werde wohl nie weiter als bis zum Waldrand kommen."

Aufmunternd sandte der Silbermond einen Stern vom Himmel zu ihr hinab.

„Wie sehr wünsche ich mir ..."

Ein Rascheln in der Nähe riss sie aus ihrer Träumerei. Kichern und lustvolles Stöhnen drangen aus der Scheune.

‚Dilyana scheint ja ihren Spaß zu haben.'

Unwillkürlich fielen Yvetta die stechenden Augen des unheimlichen Fremden wieder ein. Sie seufzte erneut.

‚Wenn er mir nicht erspart bleibt, werde ich mir wohl ein Pülverchen aus Dilyanas geheimen Kräuterkrug holen müssen.'

Ihre Schwester hatte für besonders unangenehme Gäste so einige Kräuter, um sie zu besänftigen.

Mit diesem tröstlichen Gedanken kehrte sie ins Haus zurück, bevor der Vater ihr Verschwinden bemerken konnte.

Yvetta schenkte unzählige Krüge Wein aus in dieser Nacht, ihr Vater strich noch mehr glänzende Goldstücke dafür ein.

Es war nicht mehr weit bis zur Mitternachtsstunde, als endlich auch Dilyana wieder in der Wirtsstube erschien. Mit geröteten Wangen und einem anzüglichen Lächeln steckte sie ihrem Vater einen prall gefüllten Lederbeutel zu.
„Er war sehr zufrieden und lässt dir seinen untertänigsten Dank entbieten", flüsterte sie.
Der Wirt wusste nicht, wie ihm geschah. So viele Münzen in einer einzigen Nacht hielt er seit langem nicht mehr in seiner Hand.

Nach und nach begaben sich die meisten der Reisenden endlich zur Ruhe in die angrenzende Schlafkammer und ließen sich auf dem einfachen Strohlager nieder. Bald drang das vielstimmige Schnarchen bis in die Schänke hinüber.
Erschöpft von einem langen Tag begann der Wirt, die Tische abzuräumen.

Nur der Bleichgesichtige und der edel gekleidete Händler saßen noch vor ihren Weinkrügen.

„Wie wäre es mit einem Spiel?"
Honigsüß tropfte die Verführung in das Ohr des Wirtes. Er war ein leidenschaftlicher Spieler und ließ keine Gelegenheit aus. Schnell schaute er sich um.
‚Warum nicht? Es gibt kaum noch etwas zu tun. Meine Töchter werden allein zurechtkommen', dachte er. Er wischte sich seine Hände ab und griff nach einem Beutel voller Goldstücke.
‚Der Kerl sieht zwar armselig aus, scheint aber einen dicken Batzen bei sich zu tragen. Wollen wir doch mal sehen, ob ich ihn nicht um

einiges erleichtern kann.' Der gut gefüllte Geldbeutel unter dem schäbigen Umhang war ihm nicht entgangen.

Er tat, als würde er die leeren Bänke gerade rücken. Dabei näherte er sich unauffällig, wie er fand, der dunklen Nische, in der der blasse Fremde saß.
Sein Begleiter war unter den Tisch gerutscht und schien fest zu schlafen.
Ein lederner Becher lud zum Würfelspiel ein.
Trunken vom Wein und dem Rausch des Gewinns an diesem Abend ließ sich der Wirt auf der Bank nieder.

Seine Töchter beobachteten ihn mit einem unguten Gefühl. Was würde sein Einsatz in dieser Nacht sein?
Auch der edle Herr schaute besorgt hinüber.
„Ich habe ihn gewarnt vor jener teuflischen Versuchung", murmelte er. „Ich sehe großes Unheil kommen!"

„Er wird um mich spielen", flüsterte Yvetta ihrer Schwester zu.
„Meinst du? Er trägt doch aber einen prallen Geldbeutel bei sich."
„Vielleicht sind keine Münzen darin. Den Wein hat schließlich sein Begleiter bezahlt."
„Wie kommst du darauf, dass er dich will?"
Hastig erzählte ihr Yvetta die kurze Begebenheit vom frühen Abend.
„Da wirst du wohl Recht haben", stimmte Dilyana ihr zu. „Und Vater ist ein lausiger Spieler. Ich glaube nicht, dass er gewinnen wird."
Dilyana kramte in ihrer Schürze.

„Hier", sie steckte Yvetta ein kleines Beutelchen zu. „Gib das in seinen Wein, bevor du mit ihm gehst."

„Das ist keines deiner Kräuter. Was ist das?", fragte Yvetta misstrauisch.

„Ein geheimes Pülverchen von den Zigeunern. Es führt ihn sanft ins Reich der Träume und erfüllt seine wildesten Wünsche. Du musst ihn nur eine Weile hinhalten."

„Wird er es nicht bemerken?"

Dilyana lachte leise. „Nein, er hat ja schon eine Unmenge Wein hinuntergestürzt, da wird es ihm kaum auffallen. Am Morgen wird er sich nach diesem Trunk fühlen wie der feurigste Hengst, der alle Stuten der Herde besprungen hat."

Die Mädchen kicherten.

Indessen setzte der Vater die ersten Goldstücke und begann das Spiel.

Sein Gegenüber legte seinen Spieleinsatz auf den Tisch und würfelte.

Er verlor.

Zufrieden strich der Wirt den Gewinn ein.

„Ein neues Spiel?"

„Selbstverständlich."

So ging es geraume Zeit. Meist gewann der Wirt und wurde im Siegesrausch immer leichtsinniger.

Schließlich setzte er den gesamten Goldbeutel – und verlor.

„Neues Spiel", knurrte er.

Sein Gegner grinste zufrieden: „Gern."

Wieder verlor der Wirt.

Yvetta und Dilyana schauten sich an. Mit dem gleichen Gedanken griffen sie nach den Krügen; einem Weinkrug für den Fremden, einem Krug mit Wasser für den Vater.

„Tu es!", flüsterte Dilyana ihrer Schwester zu.

Yvetta verdrehte die Augen, doch fügte sie sich dem Rat. Mit wiegenden Hüften und einem eindeutigen Lächeln auf den Lippen stellte sie den Weinkrug auf den Tisch.

Der Fremde beachtete sie gar nicht. Sein glühender Blick hielt den Wirt fest umfangen.

Yvetta wandte sich erleichtert um.

‚Seine Spielleidenschaft ist wohl größer als seine Liebeslust.'

„Mein Name ist Aggelos. Meister Aggelos! Merke ihn dir schon mal!"

Die Worte trafen sie in den Rücken und durchbohrten sie eiskalt. Angst kroch in ihr Herz, trieb ihr Tränen in die Augen.

Sie konnte ihrer Schwester nicht erklären, warum sie sich so vor ihm fürchtete.

„Wenn er nur ein gewöhnlicher Freier wäre, könnte ich es wohl ertragen", flüsterte sie. „Aber er strahlt so etwas Abgrund Böses aus. Er will mehr, irgendetwas anderes als nur eine kurze Liebesnacht. Ich fühle es."

Dilyana versuchte, sie zu trösten.

„Was soll er denn sonst wollen? Gib das Pulver in den Wein und alles wird gut."

„Wer weiß, was er mir antun will. Wenn er so einer ist wie damals … als Mutter … "

„Schsch! Sprich nicht davon", mahnte Dilyana. „Das war eine ganze Horde wilder Osmanen. Er ist allein."

Aber auch Dilyana war beunruhigt.
Selbst aus der Ferne machte ihr der Fremde Angst.
‚Yvetta hat Recht, ihn umgibt eine gefährliche Aura.'
Flirrende, wispernde Dunkelheit zog sich hinter ihm zusammen. Sein kahler Schädel stach seltsam hervor. Im schwächer werdenden Licht der Kerzen glühten seine Augen unheilvoll.
Für einen kurzen Augenblick meinte Dilyana, einen Totenschädel zu sehen - nur hautlose Knochen.
Etwas Weißes krabbelte aus den Nasenlöchern und glitt zwischen die schmalen Lippen. Er öffnete flüchtig den Mund und entblößte spitze Raubtierzähne ...

Entsetzt wandte sie den Blick ab.

‚Wie können wir Vater nur vom Spiel abhalten?'
Zu allem Unglück griff der nun auch noch versehentlich zum Krug mit dem Wein statt zu seinem Wasserbecher. Hastig stürzte er den geistverwirrenden Rebensaft hinunter.

„Wirt, Ihr seid mir zwei Goldbeutel schuldig. Was setzt Ihr nun?"
Der Wirt dachte wehmütig an die vielen blanken Taler, die er an diesem Abend eingenommen hatte. Aber in seiner Spielgier wollte er noch einen Beutel riskieren.
„Wie wäre es mit Eurer sonnenhaarigen Tochter?", schlug der Fremde vor.
Die Augen des Wirtes leuchteten auf.
„Eine Nacht mit Yvetta? Abgemacht!"

Aggelos grinste anzüglich, warf einen eindeutigen Blick zu Yvetta - und gewann das Spiel.

Plötzlich mischte sich der edle Kaufmann ein.
Mit wachsender Anspannung war er dem Würfelspiel gefolgt. Immer wieder hatte er vor sich hingemurmelt: „Großes Unheil zieht herauf. Ich sehe es am blutigen Funkeln der Sterne! Was soll ich nur tun?"
Schließlich hielt er es nicht mehr auf seinem Platz aus und trat zu den Spielern:
„Wir sollten es für heute Nacht gut sein lassen, Herr. Nehmt Eure zwei Geldbeutel und vergnügt Euch mit Yvetta. Und", er blickte Aggelos starr an, als wolle er ihn mit einem Bann zwingen, seinen Worten Folge zu leisten, „ich verzichte auf mein erkauftes Anrecht und überlasse Euch meine Schlafkammer."

Aggelos Augen verengten sich argwöhnisch.
„Kümmert Euch um Eure Angelegenheiten, Herr!", fauchte er.

Der Wirt schien in einen Wahn verfallen. Der Wein vernebelte seinen Geist und vertrieb jeden vernünftigen Gedanken. Er nahm den Kaufmann nicht wahr. Mit schwerer Zunge lallte er: „Neues Spiel."
„Da hört Ihr es. Der Wirt wünscht ein neues Spiel", wies Aggelos die ungebetene Einmischung zurück.
„Was setzt Ihr nun?", wandte er sich an den Wirt und fuhr, ohne eine Antwort abzuwarten, fort: „Ich wüsste einen Einsatz. Wenn ich gewinne, gehört Yvetta mir."

Den Mädchen gefror vor Schreck das Blut in den Adern. Yvetta blickte Hilfe suchend zu dem edlen Herrn hinüber.

„Helft mir!", flehten ihre Augen.

Mit einem Schlag floh der Weingeist aus dem Kopf des Wirtes. Empört sprang er auf.

„Ihr wollt Yvetta mit Euch nehmen? Niemals!"

Ungerührt fuhr Aggelos fort: „Wenn Ihr gewinnt, bekommt Ihr alle Geldbeutel zurück und Eure Tochter bleibt bei Euch."

Einen Moment lang starrte der Wirt unschlüssig auf seinen Gast, der gelangweilt mit den Würfeln spielte.

„Vater …"

Mit einer unwirschen Handbewegung hieß er Dilyana schweigen und setzte sich wieder.

Schließlich, so sagte er sich, könnte er die ganzen Goldmünzen zurückerhalten, wenn er nur noch dieses eine Spiel gewinnen würde.

‚Seine Glückssträhne muss auch mal vorbei sein.'

„Abgemacht!"

Aggelos schob die Würfel über den Tisch.

„Wartet!"

Wieder mischte sich der edle Herr ein.

„Nehmt meine Würfel."

„Wollt Ihr etwa sagen, meine Würfel wären gezinkt?"

Ungehalten sprang Aggelos auf und ballte die Faust.

„Wie könnt Ihr es wagen!"

Nur der schwere Tisch trennte die beiden voneinander, die sich mit funkelnden Blicken maßen.

„Seht es einmal so", versuchte der Kaufmann zu be-schwichtigen, „es kann Euch im Nachhinein niemand Betrug unterstellen. Ihr seid doch ein ehrbarer Mann, oder?"

An seiner Ehre wollte Aggelos keinen Zweifel lassen.

Zähneknirschend griff er nach den neuen Würfeln und zischte: „Haltet Euch endlich aus meinen Angelegenheiten heraus. Es könnte sonst übel für Euch enden!"

Der Fremde nickte und zog sich zu seinem Weinkrug zurück. Sein Blick aber klebte unverwandt an Aggelos.

„Ihr beginnt!" Aggelos schob die Würfel des Kaufmanns über den Tisch. Der Wirt nahm sie wägend in die Hand. Er zögerte. Die Würfelaugen schienen ihn warnend anzustarren.

„Hütet Euch vor teuflischer Verführung!", hallten die Worte in seinem Kopf wider.

„Nun, Wirt, wie lange wollt Ihr mich warten lassen?" Aggelos leise Stimme zerriss das zarte Gespinst der Bedenken.

‚Das Glück sei mir hold und gebe mir meine Goldstücke zurück', beschwor der Wirt die Würfel, bevor er sie über das blanke Holz warf.

„Fünf, Fünf, Sechs."

„Nicht schlecht." Aggelos nickte anerkennend.

Mit einem schrägen Blick zu dem Fremden am Fenster griff er nach den Würfeln und warf.

Der Wirt und seine beiden Mädchen hielten den Atem an. Eine scheinbare Ewigkeit rollten die Drei über den Tisch. Der Erste zeigte seine fünf Augen, der zweite sechs. Der Dritte konnte sich nicht entschließen und blieb zögernd auf seiner Kante liegen.

Keiner wagte Luft zu holen.

Doch dann neigte sich der letzte Würfel und blieb erschöpft liegen.

„Sechs!", triumphierte Aggelos.

Yvetta und Dilyana schrien entsetzt auf: „Nein!"

Dem Wirt wich die Farbe aus dem Gesicht.

„Nein!", wiederholte Dilyana. Sie drückte ihre weinende Schwester an sich. „Das lasse ich nicht zu."

Dilyana lief eilig zu den Spielern. Tränen liefen über ihre Wangen.

„Edler Herr, bitte", flehte sie Aggelos an. „Gewährt meinem Vater noch ein letztes Spiel."

Flackerndes Kerzenlicht malte bizarre Schatten auf das bleiche Gesicht. Mit geringschätzigem Blick musterte er das Mädchen von oben bis unten.

„Welchen Gewinn hätte ich davon?"

Dilyanas Herz sprach schneller als ihr Verstand: „Nehmt mich dazu."

Nachdenklich wiegte Aggelos seinen Kopf. Er griff nach Dilyanas Kinn und drehte ihren Kopf hin und her, als würde er auf dem Markt ein Stück Vieh ansehen.

Bei dieser Berührung griff ein eisiges Grauen nach ihrer Seele. Muffiger Geruch schlug ihr aus seinem Mund entgegen.

Bevor Aggelos sie zwang, ihm wieder in die stechenden Augen zu sehen, erhaschte sie einen kurzen Blick auf seinen Begleiter, der schon seit langem scheinbar im Weinrausch unter der Bank lag. Seine Augen waren weit geöffnet, nicht schlafend, sondern in Todesangst aufgerissen und erloschen. An seinem Hals klafften zwei Löcher. Blutfäden rannen zu Boden.

„Ein letztes Spiel gewähre ich Euch noch, Wirt", hörte sie die schicksalhaften Worte des unheimlichen Fremden.
„Und diesmal geht es um alles. Wenn ich gewinne, gehören Eure Münzen und Eure beiden Töchter mir!"
Wie abwesend wollte der Wirt nach den Würfeln greifen.
„Dieses Mal beginne ich!"
Mit einem Blick auf den Kaufmann am Fenster fügte er hinzu: „Damit mich niemand des Betruges bezichtigen kann."

Die Würfel fielen.
Vier, Drei, Fünf.
Dilyana schöpfte Hoffnung.
„Vater, beschütze uns", flüsterte sie.
Lautlos betete sie zur Jungfrau Maria.

Der Wirt murmelte unverständliche Worte.
Dann warf er und schaute den Würfeln mit glasigem Blick nach.

Eins – Eins – Zwei!

3

Damit war das Schicksal der beiden Mädchen besiegelt. Die Würfel entrissen sie ihrem leichtsinnigen Vater und stürzten sie in die verhängnisvollen Fänge von Aggelos.

Kaum offenbarten die drei Würfel ihre Augen, sprang Aggelos auf.
„Sie gehören mir!", verkündete er mit höhnischer Miene.
Mit einer Hand griff er nach den Beuteln mit den Goldmünzen, mit der anderen stieß er Dilyana vor sich her zur Tür.

Auch der Wirt sprang auf.
Sein Blick wurde wieder klar, als kehre er aus weiter Weinferne zurück.
„Was habe ich getan? Welcher Teufel ritt mich bloß?"
Entsetzt schaute er auf die Würfel, dann zu Aggelos.

„Nein!"
Mit einem schrillen Schrei stürzte er sich auf Aggelos. Wutentbrannt wollte er auf ihn einschlagen.
Aggelos verdrehte die Augen. Er stieß Dilyana von sich und wich geschickt den Fäusten aus.
Er war nicht gewillt, sich seine Beute abspenstig machen zu lassen.
„Geht mir aus dem Weg!"
Kampflos wollte der Vater seine Töchter jedoch nicht aufgeben. Er schob sich drohend wieder an Aggelos heran. Doch bevor er zu einem Schlag ausholen konnte, fing er sich eine saftige Maulschelle ein.

Die knochige Hand des Fremden brach ihm den Kiefer. Vor Schmerz stöhnend, sank er zu Boden. Mit letzter Wut trat er nach Aggelos, verfehlte ihn jedoch.
„Ihr kämpft besser als Ihr spielt!", höhnte er.
„Aber jetzt gebt Euch endlich geschlagen, ich habe nicht die ganze Nacht Zeit."
Mit diesen Worten versetzte er dem am Boden liegenden Wirt einen weiteren harten Schlag in den Magen. Wimmernd krümmte er sich und verlor das Bewusstsein.

Aggelos warf einen letzten Blick auf sein regloses Opfer. Zufrieden wandte er sich um - und sah sich dem edelmütigen Mädchenbeschützer gegenüber.
„Ihr schon wieder!", stöhnte er. „Geht mir aus dem Weg!"

Doch der Kaufmann rührte sich nicht. In seiner ausgestreckten Hand hielt er ein silbernes Kruzifix.
„Ihr abscheulicher Betrüger! Verschwindet und lasst die Mädchen in Ruhe!"
„Ihr wollt ein Edelmann sein?", spottete Aggelos. „Ihr habt es gewagt, an meiner Ehre zu zweifeln und weigert Euch nun, mir die Spielschulden des Wirtes zu gewähren?" Aggelos schüttelte ungläubig den Kopf.
„Es war ein unrechtes Spiel ..."
„Jetzt habe ich aber genug von Euch!"
Fauchend entriss er seinem Widersacher das Kreuz und schleuderte es ins Feuer.
„Ich habe Euch gewarnt!"

Fassungslos sah der Kaufmann seinem Talisman nach.
Aggelos packte ihn am Kragen und zog ihn dicht an sich heran.
„Es war Euer letzter Fehler, mir in die Quere zu kommen!"
Mit knirschenden Zähnen brach er ihm das Genick, bevor er sich wehren konnte.

Dilyana war zu Yvetta geflüchtet, die angstschlotternd unter dem Schanktisch kauerte. Sie zwängten sich in die dunkelste Ecke, verbargen sich hinter dem Weinfass.
Atemlos lauschten sie auf die unheilvollen Geräusche.
Nach dem Kampfgerangel bohrten sich plötzlich seltsame Laute in ihre Ohren.
Es klang, als saugten Ferkelchen gierig an den Zitzen der Muttersau.

Verängstigt, zu keinem klaren Gedanken fähig, verharrten die Mädchen eng umschlungen in ihrem Versteck.

Kurz darauf hörten sie schlurfende Schritte, die Tür wurde geöffnet und schlug wieder zu.
Dann kehrte Ruhe ein. Eine gespenstige Stille senkte sich über die Schänke.
„Ist er fort?", wisperte Yvetta hoffnungsvoll.
Schon wollten die Mädchen aufatmen, als plötzlich wie aus dem Nichts Aggelos vor dem Schanktisch stand.

„Kommt hervor, ihr dummen Gänse. Wir haben noch einen weiten Weg heute Nacht!"

Yvetta und Dilyana rührten sich nicht.

„Ich erwarte Gehorsam von euch!", forderte Aggelos.

Während die Mädchen noch immer in ihrer Angst gefangen im dunklen Versteck hockten, stand ihr neuer Herr plötzlich direkt vor ihnen. Mit Leichtigkeit hatte er das Weinfass fortgeschoben und sie ihres Schutzes beraubt.

Unbarmherzig zerrte er sie an den Haaren, bis sie vor ihm standen.

Beiden versetzte er eine schallende Ohrfeige.

„Wagt es nicht noch einmal, euch mir zu widersetzen", drohte er. In seiner Stimme lag Eiseskälte, die den Geist der Mädchen betäubte.

„Eilt euch."

Benommen und mit Tränen in den Augen stolperten sie in den Hof hinaus.

Nach einem schnellen Blick durch die Schänke folgte ihnen Aggelos.

„Oh Vater!", schluchzte Yvetta, „so hilf uns!"

Doch er lag noch immer besinnungslos am Boden. Er sah nicht, wie seine beiden geliebten Töchter von diesem unheimlichen Fremden in eine Kutsche gestoßen wurden.

Ohne ein Wort des Abschiedes mussten die Mädchen ihre Heimat verlassen. Eine ungewisse Zukunft lag vor ihnen.

4

Rumpelnd setzte sich das Gefährt in Bewegung. In wilder Hast jagte Aggelos mit seiner Beute davon.

„Was wird nun aus uns?", jammerte Yvetta. „Was wird er uns antun?"
„Ob er einer der Tschorbadshi[1] ist?", überlegte Dilyana.
Yvetta schüttelte den Kopf.
„Für die Blutsteuer sind wir schon viel zu alt. Der Sultan will in seinem Harem doch nur ganz junge Mädchen, habe ich gehört."

Dilyana, die Ältere der beiden, versuchte ihre Schwester zu beruhigen, obwohl ihr selbst vor Angst das Herz bis zum Hals schlug. Die grausigen Augen des Toten unter der Bank zogen wieder vor ihrem Geist vorbei und die seltsamen Geräusche nach dem kurzen Kampf klangen in ihrem Ohr nach. Was mochte Aggelos mit ihm gemacht haben?

„Wohin bringt er uns nur?"
Der Wagenverschlag war vernagelt und hielt sie in völliger Finsternis gefangen.
Dilyana hatte keine Ahnung, welche Richtung Aggelos einschlug.

Plötzlich begann Yvetta zwischen den Körben und Kisten, mit denen sie sich den engen Verschlag teilen mussten, herumzukramen.

---

[1] osmanischer Steuereintreiber

„Was tust du?'"

„Irgendwo muss eine Tür sein."

„Bist du von Sinnen?"

Erschrocken tastete Dilyana nach ihrer Schwester und zog sie dicht an sich. „Du kannst doch nicht bei dieser wilden Jagd einfach rausspringen! Du brichst dir alle Knochen und das Genick noch dazu!"

„Aber etwas müssen wir doch tun!"

Tränen der Verzweiflung rannen über ihre Wangen.

„Scht, scht ..." Dilyana wiegte sie tröstend, obwohl sie selbst dem Weinen nahe war.

„Du hast ja Recht, aber im Augenblick hilft uns niemand. Vielleicht gelingt uns die Flucht, wenn er irgendwo anhält. Wir sollten versuchen, ein wenig zu schlafen und unsere Kräfte sparen."

Und tatsächlich gelang es ihnen, in dem unbequemen Wagen dicht aneinander geschmiegt einzunicken.

Sie erwachten, als die Kutsche mit einem scharfen Ruck zum Stehen kam und beide von der Bank geschleudert wurden. Körbe purzelten über sie hinweg.

Schlaftrunken rieben sie sich die Augen.

Aggelos riss die Tür des Verschlages auf. Mondstrahlen beschienen sein Gesicht, als er grinsend in die Kutsche lugte.

Die Mädchen rappelten sich mühselig auf.

„Wir sind da", verkündete er und fügte erklärend hinzu: „In meinem Heim."

Mit ausgestrecktem Arm wies er auf eine verfallene Burg.
Hinter dem Gemäuer hellte sich der Horizont schon auf und schälte brüchige Mauerzinnen aus der Nacht. Der Morgen war nicht mehr weit.
„Wenn die beiden Liebreizenden bereit wären, mir zu folgen?"
Mit einer übertrieben höflichen Geste lockte er Dilyana und Yvetta aus der Kutsche.

Unschlüssig standen beide neben dem Gefährt. Sie erkannten eine hölzerne Zugbrücke, die wohl der Zugang zu dieser Burg war. Allerdings befanden sie sich im inneren Hof.
Aggelos lief zurück durch das Torhaus und zog an Ketten die Brücke hoch. Krachend schlug er das schwere Holzportal zu und verriegelte es mit einem Balken.
Verwundert schauten sich die Mädchen an.
„Wenn er der Burgherr ist, warum eilt ihm kein Knecht entgegen und kümmert sich um Tor und Tier?"
Die Pferde, die bereits ausgeschirrt waren, trabten davon. Einen Stall für sie schien es nicht zu geben. Sie suchten sich in dem verwilderten Hof allein ihr Gras.

Eine unheimliche Stille lag über der Burg. Selbst der Wind hielt den Atem an.
Dilyana wagte rasch einen Blick durch den Hof.
Im schwachen Licht des erwachenden Morgens hoben sich die Mauern nur wenig aus der Dunkelheit hervor. Der Mond verbarg sich mittlerweile hinter einer Wolke. Die Schatten der Nacht hüllten die Burg in ein graues Tuch.

Sie erkannte ein geschwungenes Dach, das über dem Torhaus thronte. Hinter der Wehrmauer ragten scharfe Felsen auf, wie eine Warnung, dass sie gar nicht erst an Flucht denken sollten.

Niedrige Gebäude schlossen sich an. Türen hingen schief in den Angeln. Winzige Fenster öffneten sich zum Hof. Was sich dahinter verbarg, vermochte Dilyana nicht zu erraten.

Ein Turm reckte sich in den Himmel, über dem der erste Schimmer des neuen Tages lag. Auch hinter ihm erhoben sich hohe Berge.

Mehr konnte Dilyana nicht erkennen.

„Ein Nest, in den Felsen verborgen. Wer wohl hier noch lebt?"

„Scheinbar niemand. Warum sonst wurde keine Fackel entzündet, als der Burgherr zurückkehrte?"

„Es ist irgendwie unheimlich, nichts regt sich."

„Als wenn uns die Burg einen Hauch Bosheit entgegenspuckt!"

„Sag nicht so etwas!"

Aggelos kam zurück.

„Kommt mit!"

Mit einem herrischen Wink forderte er die Mädchen auf, ihm zu folgen.

Sie wagten keinen Widerspruch und keine Frage.

Angst griff mit eisigen Klauen nach ihren Herzen.

Yvetta liefen lautlose Tränen über die Wangen. Sie hielt den Kopf gesenkt und stolperte mehr als einmal über Wurzeln und Steine. Die Kälte der Burg schnürte ihr das Herz zu.

Aggelos schien es eilig zu haben. Er hastete, ohne sich umzublicken, zum steinernen Wachturm.

An der verriegelten Holztür blieb er stehen.

„Öffnet die Tür."

Die Mädchen mühten sich, den schweren Balken wegzuziehen. Sie zerrten und zogen, doch bewegte er sich keinen Deut.
Höhnisch lachte sie Aggelos aus.
„Was soll ich mit euch anfangen. Ihr schafft es noch nicht einmal, dieses kleine Hölzchen wegzuziehen?"
Er stieß die Mädchen zur Seite.
„Slap pile[2]!"
Mühelos zog er den Riegel heraus und ließ ihn polternd zu Boden fallen.
„Nun, wenigstens weiß ich, dass ihr mir nicht entfliehen könnt."
Mit einem durchdringenden Quietschen wehrte sich die Tür, als Aggelos sie aufriss. Sie war wohl seit langer Zeit nicht mehr geöffnet worden.

„Hinein mit euch!"
Furchtsam verharrten die Mädchen und starrten in die Dunkelheit des Turmes.
„Wird's bald? Beeilt euch!"
Unwirsch packte er beide im Genick und schob sie vor sich her.
Seine eisigen Finger lähmten jeden Gedanken an Widerstand.
Modriger Gestank schlug ihnen entgegen, als sie die steile Wendeltreppe hinunter stiegen.
Es war stockfinster. Vorsichtig tasteten sich die Mädchen an den feuchten Wänden entlang hinab, ängstlich bedacht, nicht abzurutschen und in die Tiefe zu stürzen.

---

[2] bulgarisch: Schwache Hühner

Nach unzähligen Stufen erreichten sie das Ende der Treppe. Aggelos stieß sie weiter vorwärts.

‚Er muss jeden Stein genau kennen, wie könnte er sich sonst in der Dunkelheit so gut zurechtfinden', überlegte Dilyana. Eine unbestimmte Furcht griff nach ihr. Bruchstücke alter Erzählungen jagten durch ihren Kopf, vermischten sich mit geheimnisvollen Berichten weitgereister Händler, die in der Schänke eingekehrt waren. Sie flüsterten von seltsamen Gestalten, die sich nachts aus ihren Gräbern erheben. Bleiche Schattenwesen, die in der Finsternis leben, Massacet[3] nannte man sie wohl. Sie erinnerte sich sehr genau an jenen Abend, als osmanische und bulgarische Reisende sich über diese Wesen stritten.
‚War nicht auch Aggelos in jener Nacht einer der Gäste, die höhnisch über den osmanischen Aberglauben spotteten?'
Aber alles Gerede passte so gut auch zu ihm, dass er selbst einer dieser Nachtwanderer sein könnte!

Dilyana fühlte sich ganz verwirrt. Unwirsch wollte sie diese Gedanken abschütteln.
‚Das kommt nur von meiner Angst und der Dunkelheit', versuchte sie sich selbst zu beruhigen.

„Bleibt stehen!"
Aggelos dumpfe Stimme riss sie aus ihren Grübeleien.
Knarrend öffnete sich eine Tür. Aggelos schob Yvetta und Dilyana in ein finsteres Verlies.

---

[3] türkisch: Vampir

„Fürs Erste muss euch diese Kammer genügen."

Mit diesen Worten schlug er die Tür zu und verschwand. Seine Schritte verklangen rasch, als hätte er es sehr eilig, den Turm zu verlassen.

Tiefe Stille umfing sie.
Die Mädchen fielen sich weinend in die Arme.
Erst nach geraumer Zeit löste sich Yvetta. Sie begann, vorsichtig mit den Händen ihren Kerker zu erkunden.
„Feuchte Steine", flüsterte sie.
Mit den Füßen ertastete sie Stroh. Sie bückte sich.
„Igitt!"
„Was ist?"
„Das Zeug ist nass und faulig." Sie hielt sich etwas an die Nase. „Und es stinkt fürchterlich. Hier scheint seit Ewigkeiten keiner mehr eingesperrt gewesen zu sein."
„Hoffen wir es", seufzte Dilyana.
Inzwischen hatte Yvetta die Kammer einmal umrundet und war an der Tür angelangt.
„Er hat keinen Schlüssel benutzt. Vielleicht lässt sie sich ja öffnen."
Ein kleiner Hoffnungsfunken keimte in ihren Herzen.
„Fass mal mit an."
Doch wieder mühten sich die Mädchen vergeblich. Ein schweres Brett versperrte ihnen den Ausweg aus dem finsteren Loch.
Enttäuscht sanken beide auf die kalten Steine nieder.

„Schau, dort oben."

Dilyana deutete mit ausgestrecktem Arm zu einer kleinen Maueröffnung hoch über ihren Köpfen. Auch wenn Yvetta diese Geste in der alles verschlingenden Finsternis nicht sehen konnte, blickte sie doch in die Richtung. Kaum mehr als die Ahnung eines Morgenlichtes schälte sich ein grauer Schatten aus dem Mauerwerk heraus.
„Viel zu hoch, da kommen wir nicht hinaus", stellte sie verzagt fest. Leise begann sie wieder zu weinen.

„Bald bricht ein neuer Tag an. Mit der Morgenröte kommt neue Hoffnung. Vielleicht lässt er uns als Mägde arbeiten. Schließlich sind wir auf einer Burg."
Dilyana versuchte, ihrer Schwester und sich selbst Mut zu machen.

„Dilyana, du musst mir etwas versprechen", flüsterte Yvetta nach einer Weile.
„Ja."
„Du bleibst immer bei mir."
„Ja, das verspreche ich dir."
Auch Dilyana schnürte die Angst vor der ungewissen Zukunft die Kehle zu.
„Ich werde immer bei dir sein und dich beschützen, was auch passiert."
Sie schluchzte leise.
„Lass uns beten und auf Mutter Maria vertrauen. Mit ihrer Hilfe werden wir sicher bald diesem dunklen Verlies entkommen können."

Sie ahnten nicht, dass sie die Sonne nie wieder sehen würden.

5

Kaum zogen sich die letzten Strahlen der Septembersonne hinter die Berge des mächtigen Balkans zurück, schlug Aggelos die Augen auf. Umständlich erhob er sich aus der hölzernen Kiste, die ihm als Schlafplatz diente.

Er reckte seine alten Knochen. Gedankenlos zerrte er an seinem Umhang, der sich an einem Splitter der Lagerstatt festhielt. Mit einem scharfen Ruck riss er ihn los. Ein weiteres Loch zierte nun sein Gewand. Es interessierte ihn jedoch nicht.

Mit schlurfenden Schritten verließ er die Felsengruft.

Geschickte Steinmetze hatten vor vielen, vielen Jahren geheime Gänge und versteckte Kammern tief in den Berg getrieben, die ihm als sicherer Zufluchtsort vor den vernichtenden Strahlen der Sonne dienten.

Nun, diese braven Handwerker brauchten sich nicht mehr um die Sonne sorgen. Ihre Knochen moderten seit langem in den Tiefen des Felsspaltes, der die Burg weitestgehend umschloss. Selten verschwendete Aggelos einen Gedanken an sie. Nur wenn sich der Berg regte und Geröll durch seine hohlen Gedärme rollte, erinnerte er sich ihrer.

‚Vielleicht wären Ausbesserungen mal wieder notwendig', dachte er dann. Schließlich wollte er nicht eines Abends von Gestein bedeckt und gefangen erwachen. Aber meist schob er solche Bedenken schnell beiseite. Es war ihm lästig, sich um derartige Aufgaben zu kümmern.

Gelangweilt stieg Aggelos die in den Fels gehauenen Stufen ins Abendlicht hinauf. Sie führten durch verwinkelte Gänge bis zu einer geheimen Tür. Dahinter lag eine Wendeltreppe, über die er auf den brüchigen Wachturm gelangte.

Hunger begann in seinen vertrockneten Eingeweiden zu nagen. Sie lechzten nach frischem Blut.

Noch wusste er nicht, wohin ihn diese Nacht führen sollte.

Nach einem kurzen Blick über den Wald stieg er hinab zur Burg. Er durchstreifte die Gemächer und den großen Saal, wie er es jeden Abend tat.

Auch wenn die alten Gemäuer hoch in den Bergen abseits der menschlichen Wege lagen, wollte er doch sichergehen, dass sich keine Eindringlinge eingeschlichen hatten. Den Sterblichen war nicht zu trauen, vor allem nicht diesen Osmanen, die neuerdings Wälder und Berge heimsuchten.

Schließlich trat er hinaus in den Hof.

„Eine herrliche Nacht", sprach er zu sich selbst. Wolkenloser Sternenhimmel breitete sich über ihm aus. Die Bäume wiegten sich leicht, als wollten sie ihn begrüßen.

Gedankenverloren schaute er der nächtlichen Jagd der Fledermäuse zu.

Als er sich gerade ebenso leicht in die Luft auf Beutezug erheben wollte, fiel sein Blick auf eine schwarze Kutsche, die mitten im Hof stand. Nicht weit davon grasten friedlich zwei Rappen.

Erstaunt kratzte er sich am Kopf.

Der sanfte Abendwind wehte den Geruch von frischem Menschenblut in seine Nase.

„Es wird sich doch nicht etwa sterbliches Gesindel hier herauf gewagt haben?", murmelte er besorgt.

Eilig prüfte er das Tor.

Er fand es fest verriegelt, wie immer.

Unruhe erfasste ihn. Eine schreckliche Befürchtung begann ihm eiskalt durch die Glieder zu kriechen.

Witternd folgte er dem verführerischen Blutduft, vom Tor zur Kutsche und weiter zum Turm am anderen Ende des Gehöfts. Mit jedem Schritt wurde der Geruch stärker und wuchs seine Besorgnis.

„Nein, das ist unmöglich! Niemand weiß davon, keiner ist übriggeblieben, der das Geheimnis ausgeplaudert haben könnte!", brummelte er unentwegt.

Die Tür zu den feuchten Verliesen war mit einem schweren Balken verschlossen.

„Wie es sein sollte."

Und dennoch lockte ihn der Geruch, der seine Blutgier immer mehr reizte, in die Tiefen des alten Kerkers hinab.

Plötzlich schlug er sich mit der Hand gegen die Stirn.

„Aggelos, du wirst wohl doch alt!"

Ihm fiel sein Beutezug der letzten Nacht wieder ein. Die Schänke, das Würfelspiel mit dem fetten Wirt und sein Gewinn - die beiden Mädchen!

Wie ein schwerer Felsbrocken fiel die Sorge von ihm ab. Er lachte laut auf. Schauerlich warfen die Berge das Echo seines Gelächters zurück.

Erschrocken floh eine Eule aus einer der blinden Fensteröffnungen.

„Welcher Teufel hat mich eigentlich geritten, diese beiden unnützen Weiber mit in meine Burg zu schleppen", schalt er sich.

Dass er dabei einem Händler sein Gespann samt seiner Waren gestohlen hatte, interessierte ihn nicht. Später würde er nachsehen, ob er darin etwas Brauchbares finden konnte.

„Andererseits", er leckte sich genüsslich die Lippen, „der kleine Eisstern Yvetta ist schon ein Leckerbissen."

Seit einiger Zeit führte ihn seine nächtliche Jagd immer wieder in jene Gegend und in ihre Nähe.

Er wusste selbst nicht recht, was ihn lockte. War es ihr sonnenhelles Haar, das fast verloschene Erinnerungen weckte? Erinnerungen an die Wärme des Sommers? Mehr als einmal stahl sich eine heimliche Sehnsucht in seinen Geist, die er jedoch jedes Mal schnell verdrängte.

„Was war letzte Nacht geschehen?"

Nur vage vermochte er sich an das Spiel zu erinnern.

Die eilige Flucht fiel ihm ein. Über Stock und Stein jagte er die Pferde, fast bis zur Erschöpfung. Das Gefährt mit seiner Beute ließ ihn nicht so schnell vorankommen, wie er gewünscht hätte.

Die Sonne schickte bereits die Morgendämmerung als Vorboten über den Horizont, als er endlich die schützende Burg erreichte.

Unwirsch schüttelte er den Kopf, wollte es kaum glauben, dass er solches Risiko eingegangen war.

Er rief sich Yvettas Antlitz ins Gedächtnis.
Bei diesem Gedanken erwachte die alte, nutzlose Schlange zu neuem Leben. Lange hatte sie sich in tiefem Schlaf zwischen seinen Schenkeln versteckt. Schmerzhaft pochend drängte sie ihn, einer längst vergessen geglaubten Lust nachzugeben.
Und noch eine andere Idee schlich sich in Aggelos Geist. Schon lange war er die Einsamkeit seiner Unsterblichkeit leid. Eine hübsche Blutsklavin wie Yvetta wäre sicher eine willkommene Abwechslung in seinem eintönigen Dasein.
„Dann war es wohl Fügung, die mich immer wieder zu ihr zog!"

Plötzlich hatte er es sehr eilig.
Er kehrte dem Wachturm den Rücken.
Sein Blick fiel erneut auf die Kutsche.
„Ob sich etwas Brauchbares finden lässt?"
Neugierig öffnete er den Verschlag und begann, in den Körben zu kramen.
Seltsamer Kräutergeruch stach ihm unangenehm in die Nase.
Hastig warf er die getrockneten Bündel fort.
In einer Kiste entdeckte er Kerzen.
„Das wird ihr gefallen."
Im nächsten Korb fand er Räucherpfannen, gefüllt mit Holzspänen und überzogen mit ihm unbekannten Harzen.
Er schnupperte vorsichtig. Es war ihm nicht unangenehm, obwohl der den Geruch nicht zuordnen konnte.

Kurzerhand packte er das Räucherwerk und die Kerzen, um sie mit in den großen Saal zu nehmen.

Es galt, Vorbereitungen für eine ganz besondere Nacht zu treffen, deren Ablauf er sich erst wieder in Erinnerung rufen musste.

6

Die Mädchen wussten nicht, wie lang ihr unruhiger Schlummer auf den harten Steinen gewesen sein mochte. Als sie erwachten, umgab sie noch immer kalte Finsternis. Das fahle Licht versuchte vergeblich, ihnen durch die kleine Maueröffnung etwas Trost zu spenden.

„Es ist so still."

„Totenstill", erwiderte Dilyana.

„Sag so etwas nicht." Yvetta begann zu weinen. „Wir sind doch nicht lebendig begraben?"

Erschrocken wiegte Dilyana ihre Schwester im Arm.

„Nein, wir sind nur noch immer im Kerkerverlies von Aggelos."

Sie lauschten eine Zeit lang angestrengt, ob geschäftige Geräusche des Burglebens bis zu ihnen drangen.

„Seltsam, es ist nichts zu hören."

„Nicht einmal kleine Rattenfüßchen tappeln durch die alten Gemäuer."

Bei dem Gedanken an Ratten schüttelte es Dilyana.

„Das scheint das einzig Gute zu sein."

„Ob Vater uns suchen wird?", flüsterte Dilyana nach einer Weile.

Yvetta lachte freudlos. „Das glaubst du doch wohl nicht im Ernst? Der alte Säufer hat mich verspielt!"

Sie sprang auf. Dabei kreischte sie fast hysterisch: „Er hat mich in seiner Gier wie einen lumpigen Beutel Goldstücke auf den Tisch geknallt!"

Wütend begann sie, im Verlies auf und ab zu laufen.

„Bin ich ihm so wenig wert? War ich ihm nicht immer eine gute Tochter? Bin ich nicht immer seinen Wünschen gefolgt? Egal, wie widerwärtig es war, was er von mir verlangte?"
Tränen liefen ihr über die Wangen.
Schluchzend sank sie schließlich wieder zu Boden.
„Wie konnte er nur so etwas tun?"
Dilyana nahm sie tröstend in die Arme.
„Ich weiß es nicht. Vielleicht stand er unter einem grausamen Bann von Aggelos. Er schien Vater mit dem bösen Blick anzustarren."
Bei der Erwähnung ihres neuen Herrn begann Yvetta zu zittern.
„Ich fürchte mich so vor ihm. Er atmet Bosheit aus. Selbst das Licht scheint aus seiner Nähe zu fliehen. Alles wird dunkel, als würde sich ein schwarzer Schleier über alles legen…"
„… damit Gott seine Niedertracht nicht sieht."
„Oh heilige Mutter Maria, hilf uns in unserer Not …"
Wieder knieten die Mädchen auf den kalten Steinen nieder und beteten.

Lange Zeit hingen beide ihren trüben Gedanken nach, ohne ein weiteres Wort zu wechseln.
Eine milde Schläfrigkeit hüllte Dilyana ein. Ihr Geist entfloh durch das kleine Fensterchen.

Sie sah dichten Wald rings um eine verwilderte Burg, die sich an schroffe Felsen krallte. Hoch oben stoben Fledermausschwärme aus einer Höhle. Die geflügelten Nachtjäger waren riesig und wuchsen mit jedem Flügelschlag.

Eine von ihnen kam nah heran. Im nächsten Augenblick veränderte sich das Tier und nahm die Gesichtszüge Aggelos an. Spitze Zähne, von denen Blut troff, ragten aus dem Maul.

Ein eisiger Schauder durchzuckte Dilyana.

Ihr Geist wollte zurück in den Kerkerturm fliehen und dem schrecklichen Anblick entkommen.
Da wandelte sich die Aggelos-Fledermaus-Fratze abermals. Aus den Ohren spross wallendes rotes Haar und umfloss ein runzliges Gesicht mit gütigen, moosgrünen Augen.
„Dilyana, gib acht! Tod und Schlimmeres lauern in den Tiefen der Balkanwälder - gotteslästerliche Wesen, die sich Seinem allsehenden Auge zu entziehen versuchen", warnte sie der zahnlose Mund.
„Er ist, was er ist und kennt nur ein Gelüst.
Nutze deine Stärke, um seine Pläne zu vereiteln!"
„Welche Stärke? Ich bin gefangen und schwach."
„Du wirst die wahre Kraft finden, die in dir schlummert. Und du kennst seinen Namen …"
Ein Dorn durchbohrte das geisterhafte Gesicht. Es zerfloss, bevor Dilyana weiter fragen konnte.

Verstört öffnete sie die Augen. Der Wachtraum hinterließ eine seltsame Vorahnung unaussprechlichen Unheils. Sie schüttelte den Kopf, um die Vision zu vertreiben.
‚Yvetta darf nichts davon wissen.'

In diesem Moment war sie dankbar für die Dunkelheit. Sie verbarg ihr entsetztes Gesicht vor ihrer Schwester.

Durch die winzige Maueröffnung hoch oben schaute die Abenddämmerung herein. Aus weiter Ferne drang der Ruf eines Käuzchen bis in das Verlies. Mit schwerem Flügelschlag strich eine Eule vorbei.
Dilyana flüsterte: „Die Nacht erwacht zum Leben. Sie ist regsamer als der Tag."

Plötzlich, nach einer scheinbaren Ewigkeit, hörten sie, wie der hölzerne Riegel der Turmtür polternd zu Boden fiel.
Halb erleichtert, aber doch zu Tode erschrocken, sprangen die Mädchen auf.
Im nächsten Moment knarrte bereits die Pforte vor ihnen.
Schwarze Schwingen einer bedrohlichen Aura schwebten in die Kerkergruft. Todeskälte breitete sich aus.
„Aggelos", hauchte Yvetta entsetzt.
„Meister Aggelos, wenn ich bitten darf!", entgegnete er leise. In seiner Stimme schwang Grausamkeit.

Eng aneinander geschlungen und zitternd vor Angst wichen die Mädchen in die hinterste Ecke zurück. Die Kälte der Steine im Rücken und der boshafte Hauch von Meister Aggelos vor ihnen ließ ihnen das Blut in den Adern gefrieren.

„Yvetta, mein Eisstern, komm zu mir", befahl er mit flüsternder Stimme.

„Nein!"
Sie krallte sich schluchzend an ihrer Schwester fest.

Die Dunkelheit um sie herum wurde noch undurchdringlicher. Wie riesige Flügel umarmte sie die Mädchen und zog sie unaufhaltsam auf Aggelos zu. Sie konnten seine Gestalt nicht sehen. Er verschmolz mit der Schwärze des Verlieses.
Nur glühendrote Augen schwebten in der Finsternis.

„Gehorcht!", klang es dicht an ihren Ohren.
Von blankem Entsetzen geschüttelt, schrien sie auf.
Aggelos wurde langsam ungehalten. Er ertrug es nicht, dass man sich ihm widersetzte.
‚Aufsässige Weibsbilder! Auf was habe ich mich bloß eingelassen', seufzte er im Stillen.
Der lockende Duft des vor Angst wallenden Blutes vernebelte ihm fast die Sinne. Er war drauf und dran, seinen Plan fallen zu lassen und sich auf der Stelle des köstlichen Lebenselixiers zu bemächtigen. Der Geschmack von jungem, gesundem Mädchenblut war ihm schon lange nicht mehr vergönnt gewesen. Der Wirt führte eine gute Küche und hatte auch seine Töchter wohlgenährt. Sie waren keine knochigen Hungerharken, deren Lebenssaft wässrig und schal von schwerer Arbeit war. Ihre Körper wiesen erfreuliche Rundungen an den richtigen Stellen auf.
‚Ganz besonders Yvetta ...'
Der Gedanke an ihren weichen Leib stachelte noch mehr die längst vergessen geglaubten Gelüste in dem alten Vampir an. Nur mit Mühe gelang es ihm, sich zu beherrschen.

„Weiberpack!" Ein scharfes Zischen durchschnitt die Finsternis.

Mit einem Ruck packte er Yvetta an den Haaren und entriss sie der Umarmung ihrer Schwester.

Dilyana stürzte sich blindlings auf Aggelos. Ein wütender Schrei entfloh ihrer Kehle, als sie mit Fingernägeln wie Katzenkrallen versuchte, die höllischen Augen zum Verlöschen zu bringen.

Aber es gelang ihr nicht. Mit einer knappen Handbewegung schlug Aggelos ihr ins Gesicht. Seine knochigen Finger brannten sich tief in ihre Wange.

Sie stürzte wimmernd zu Boden.

Ein Fußtritt schleuderte das Mädchen hart in eine Ecke des Kerkers.

Ihr Kopf prallte gegen die Mauersteine.

Benommen blieb sie liegen. Kein Laut kam mehr über ihre Lippen.

Yvetta hörte nicht das Klatschen der Hand und den dumpfen Aufschlag.

Todesangst verschloss ihre Ohren.

Sie begann, wild zu kreischen: „Dilyana, Dilyana – wo bist du! So hilf mir doch!"

Aggelos hielt Yvetta noch immer an den Haaren gepackt.

„Es wird Zeit, meine Liebe, dieses nasse Loch zu verlassen."

Yvetta versuchte verzweifelt, seine Hand aus ihrem Haar zu lösen.

Sie schlug um sich und trat nach ihm. Doch sein eiserner Griff ließ sie nicht los.

Schließlich wandte er sich zum Gehen. Die Höllenaugen verschwanden.

„Du wirst mir folgen, ob du willst oder nicht. Gehst du nicht von selbst, zerre ich dich an deinen schönen langen Haaren hinter mir her die Treppe hinauf. Du hast die Wahl."

Die Drohung schnürte Yvetta die Kehle zu. Sie lauschte einen Moment, aber ihre Schwester gab keinen Laut von sich. Wieder umgab sie unheimliche Stille. Nur ihr angsterfüllter Herzschlag hallte laut von den Wänden wider.
‚Hoffentlich ist sie nicht tot! Mutter Gottes, hilf uns!', betete Yvetta still.

Aggelos zog an ihrem Haar, wollte seinen Worten Nachdruck verleihen.
„Ich folge Euch", flüsterte sie schließlich und fügte schicksalsergeben hinzu: „Meister Aggelos."

Sie warf einen letzten, verzweifelten Blick zurück in die Richtung, in der sie Dilyana vermutete, bevor sie an der Seite von Aggelos den Kerker verließ.
Aggelos grinste zufrieden.

Dilyana blieb allein in der Dunkelheit zurück.
Ihr Kopf schmerzte von der Ohrfeige und dem Zusammenprall mit dem harten Stein.
„Yvetta", flüsterte sie entsetzt, „es tut mir leid. Ich wollte dich doch beschützen."

Bald verklangen die Schritte auf der Treppe. Sie hörte, wie Aggelos die Tür verriegelte.

Grabesstille senkte sich über das zu Tode verängstigte Mädchen. Erschöpft glitten ihre Sinne in eine tiefe Bewusstlosigkeit.

7

Leise schluchzend folgte Yvetta ihrem neuen Herrn die Stufen hinauf.

‚Dilyana, wo bist du? Warum hast du mir nicht geholfen? Warum hast du ihn nicht aufgehalten?', jammerte sie still. ‚Du wolltest mich immer beschützen!'
In ihre Angst schlich sich leiser Zorn ein.
‚Du wolltest immer bei mir sein! Du hast es versprochen!'
Sie lauschte angestrengt in die Tiefe des Kerkerturmes, ob ihr Dilyanas Schritte folgten. Doch nicht der geringste Laut drang zu ihr hinauf.

Bald stand sie im Hof. Sie atmete tief ein. Nach der Zeit im feuchten Turmgemäuer tat ihr die frische Luft gut.
Die warme Spätsommernacht war genauso lautlos wie das Verlies. Kein Zikadengesang im Gras, kein nächtliches Flügelschlagen, kein Rascheln von Nachtjägern im Unterholz des nahen Waldes drang bis zu ihr. Selbst die beiden Pferde, die noch immer im Hof grasten, hoben nur den Kopf und verharrten dann reglos.

Aggelos schob den schweren Riegel wieder vor die Turmtür.
Eilig blickte sich Yvetta um. Ihre Augen suchten verzweifelt nach einem Fluchtweg. Die fahle Sichel des Mondes warf nur einen schwachen Schein auf die Burg.

Sie stand zwischen einem flachen Stall und dem Wohnhaus, hinter dem sich steile Felsen erhoben. Die Fensteraugen waren blind, kein Lichtschein verriet Leben in den Gemäuern.

Ein Balkon ragte aus dem Mauerwerk im oberen Stock. Sein Geländer war brüchig, stellenweise war es ganz verschwunden. Kleine Bäumchen hatten sich diesen Platz als Heimat auserkoren. Vorwitzig streckten sie sich bis zum Dach hinauf.

Ihr Blick wanderte weiter bis zum anderen Ende des Hofes. Auch dort wachte ein Turm. Hohe Mauern verwehrten eine Aussicht auf den Wald, der sich dahinter erstreckte. Einzelne Baumwipfel lugten neugierig über die Zinnen.

Yvetta musste feststellen, dass die ganze Burg von einem steinernen Wall aus Türmen und Steinwänden umgeben war.

‚Und das große Tor ist natürlich auch verschlossen.'

Bevor sie ihre Zunge zügeln konnte, kam ihr eine Frage über die Lippen: „Es ist alles so still und finster. Wo sind Eure Mägde und Knechte?"

Aggelos lachte, als er sich zu ihr umwandte.

„Oh, meine Liebe, sie gaben mir vor langer Zeit alles, was ich begehrte. Nun brauche ich sie nicht mehr."

Er legte seinen Arm um ihre Hüfte. Die andere Hand tastete sich langsam zu ihren Brüsten vor.

„Bald schon wirst auch du mir alles geben, was meine Sinne wünschen."

Eiseskälte drang durch Yvettas einfaches Gewand. Ein Schaudern, nicht nur aus Angst, durchlief sie.

‚Hände aus des Grabes Tiefe …'

„Mein Eisstern", die Stimme war ganz dicht an ihrem Ohr, „du wirst mein heißes Leiden kühlen."
Seine Finger huschten über ihren Hals bis hinab zu ihren Brüsten. Yvetta meinte, Spinnenbeinchen rannten über ihre Haut.
‚Oder Läusegetier!' Sie zuckte angeekelt bei diesem Gedanken zusammen.

‚Stell dich nicht so an!', schalt sie sich schließlich selbst. ‚Vielleicht ist er ja doch nicht so garstig. Wenn ich Aggelos Wünsche erfülle, bringt er mich und Dilyana bestimmt zurück zu Vater.'

Sie strich ihre Kleidung glatt. Unter der Schürze ertastete sie dabei das kleine Beutelchen mit Dilyanas Kräutern.
‚Welch ein Glück, noch ein Hoffnungsschimmer!'
Bei diesem Gedanken gelang ihr sogar ein zaghaftes Lächeln. Sie reckte Aggelos ihre festen Brüste entgegen.

Das gefiel ihm. Seine Zunge leckte genüsslich über ihr Ohrläppchen. Langsam kroch sie tiefer. Die pulsierende Ader am Hals zog ihn besonders an. Lange umkreiste er immer wieder die gleiche Stelle.
Seine Lenden begannen in freudiger Erwartung zu brennen. Seine über Jahrzehnte vernachlässigte Männlichkeit regte sich erneut und schwoll frohlockend an.
„Komm, mein Eisstern, wir wollen hineingehen."

Yvetta war seine erwachende Lüsternheit nicht entgangen. Sie betrachtete Aggelos genauer. Sein Gesicht leuchtete fahl im spärlichen Mondenschein. Die Augen lagen tief in den Höhlen, was seinem knochigen Gesicht das Aussehen eines Totenschädels verlieh. Wieder trug er diesen schmuddeligen Kaftan, der den Rest seines Körpers verbarg.

Auch wenn Yvetta noch immer ein unbestimmtes Grauen erfüllte, schwor sie sich, ihr Bestes zu geben, um Aggelos zufrieden zu stellen.

Als wäre sie eine Feder, nahm er Yvetta auf die Arme und trug sie hinauf in ein großes Gemach.

Die Türen schwangen leise quietschend auf. Flackernder Kerzenschein erhellte schwach eine Lagerstatt, die auf Yvetta wartete. Der Lichtschein verlor sich in der Weite des Raumes.

Erstaunt schaute sie sich um. Sie konnte nicht erkennen, wo die Dunkelheit an Wände stieß.

Es war kühl und es roch ein wenig muffig, als wäre seit langer Zeit kein Fenster mehr geöffnet worden.

Aber noch ein anderer Duft lag in der Luft, der sich betörend in ihre Sinne schlich.

Sie atmete vorsichtig ein.

Ein Hauch von Mohn und Zedernholz kitzelte ihre Nase, durchzogen von Zitronenmelisse und Anis.

Und noch etwas Unbekanntes, Seltsames. Es erinnerte sie an Dilyanas geheimes Versteck in der Scheune. Dort bewahrte sie die vielen Kräuter auf.

Yvetta konnte die Begeisterung ihrer Schwester für das getrocknete Zeug zwar nicht teilen, merkte sich aber doch vieles, was Dilyana darüber erzählte.
Dann fiel es ihr ein – Davana. Ein Händler aus dem fernen Indien schenkte es Dilyana vor kurzem für ihre Liebesdienste. „Es soll wohl beruhigend und herzöffnend wirken", hatte sie kichernd berichtet.

Nun entdeckte Yvetta auch mehrere Schalen zwischen den Kerzen, von denen schwacher Rauch aufstieg.
Sie lächelte überrascht.
‚Er hat sich ja viel Mühe gemacht.'

Aggelos bettete Yvetta behutsam auf das Lager aus Fellen und schwarzen Tüchern.
Verwirrt beobachtete sie, wie auf einen Wink Aggelos die Türen von allein wieder zufielen.
Doch sie ließ sich nichts anmerken. Sie schloss für einen Moment die Augen und sprach sich selbst Mut zu.
Dann legte sie sich bequemer zurecht und blickte auffordernd zu ihm auf.

„Meister Aggelos, kommt zu mir."
Sie streckte ihm eine Hand entgegen, mit der anderen Hand schob sie langsam ihren Rock übers Knie.
Der Duft der Kräuter legte sich sanft über ihren Geist. Angst und Kälte stahlen sich davon.
Sie begann sich fast wohlzufühlen.

Aggelos stand hochaufgerichtet vor ihr. In seinen Augen loderten rotglühende Flammen, als wären sie Fenster zur Hölle. Gierige Lust flackerte in ihnen.
Der Kerzenschimmer hüllte ihn in ein dämonisches Licht.
Breites Grinsen, das Yvetta das Blut in den Adern gefrieren lassen sollte, breitete sich auf seinem Gesicht aus. Seine Zunge leckte genüsslich über die schmalen Lippen, als er auf sie hinabblickte.
Doch sie lächelte ihm entgegen.

Der schmutzige Kaftan rutschte von seinen Schultern. Darunter kam ein mottenzerfressener Leibrock, der ihm nur knapp bis zu den Knöcheln reichte, zum Vorschein. Yvetta meinte, sein Gewand wäre so fadenscheinig, dass es von selbst zu Boden fiel. Zumindest bemerkte sie keine Handbewegung Aggelos, die beim Entkleiden geholfen haben konnte.
Nun stand er nur noch in schmuddeligen Pumphosen, die an Bund und Knöcheln mehr zusammengeknotet als kunstvoll geschnürt waren, vor ihr. Im krassen Gegensatz zu seiner heruntergekommenen Kleidung blitzte ein Prunkdolch im Hosenbund. Das Kerzenlicht spiegelte sich in den prächtigen Edelsteinen, die den Dolch zierten.

‚Himmel hilf, er ist doch ein Janitschar!'
Andererseits war sein Gesicht völlig unbehaart, obwohl Janitscharen meistens einen Schnurrbart trugen, wie Yvetta aus den Gesprächen der Händler in der Schänke ihres Vaters wusste. Viele Schauergeschichten erzählten die Kaufleute von den Gräueltaten der Leibwache des Sultans.

Was würde Aggelos ihr antun?
Ihr Herz begann nun doch, vor Angst wild zu klopfen.

Vorsichtig tastete sie nach dem Beutelchen unter ihrer Schürze.
„Wollt Ihr nicht einen Krug Wein mit mir trinken, Meister Aggelos?"

Er hörte ihre Worte nicht. Zu vertieft war er in seiner Betrachtung. Lüstern beäugte er das Mädchen.
‚So fügsam gefällt sie mir noch viel besser.'
Das Blut in seinen Adern, Reste der letzten Mahlzeit, geriet immer heftiger in Wallung. Seine Lenden schmerzten schier vor Verlangen.

„Meister Aggelos, ich habe Durst", versuchte es Yvetta nochmals.
Doch er wischte ihre Worte brummend beiseite: „Später wirst du trinken. Unterbrich mich jetzt nicht."
Bestürzt schwieg sie.

Langsam beugte er sich zu Yvetta hinab.
Ein Ratsch - und seine scharfen Fingernägel zerrissen ihre Kleider. Wie Blätter einer Blüte fiel der Stoff von ihr.
„Das schäbige Gewand hat ausgedient. Dir geziemt feinere Kleidung. In edle Tücher will ich dich hüllen, mein Eissstern."
Yvetta lag nun völlig nackt vor ihm.

Seine Worte gefielen ihr.
‚Aber woher sollen schöne Kleider kommen?', fragte sie sich. ‚Er trägt selbst ja nur schäbige Lumpen. Hat der Burgherr doch mehr Reichtum, als er zur Schau stellt?' Sie wollte es herausfinden.

So rekelte sie sich verführerisch und bot ihm die Süße ihres Leibes dar.

Aggelos bemerkte es wohlwollend.
‚Sie scheint guten Willens.'
Aber so recht vertraute er ihr nicht.
„Strecke dich auf dem Rücken aus und lege die Arme dicht an dich."
Yvetta tat, was er wünschte.
In Windeseile zog Aggelos ein Seil unter dem Lager hervor und schlang es mehrfach straff um ihren Leib. Sie konnte sich nicht mehr rühren. Erschrocken schnappte sie nach Luft.
„Meister Aggelos ..."
„Scht!" Er unterbrach mit einem scharfen Zischen ihre Worte.
Aggelos ließ seine restliche Kleidung fallen.
Die Kerzen flackerten unruhig, als brächte ein Windhauch sie zum Tanzen.
„Das Spiel beginnt."

Sein Körper war schmächtig und noch blasser als sein Gesicht. Die Rippen traten deutlich hervor. Narben zogen sich über seine spröde Haut. Wo eine Brustwarze sein sollte, klaffte ein schwarzes Wundmal.
Yvetta schauderte. ‚Als wäre ihm das Herz herausgerissen worden.'
Ein Hauch von Mitleid überkam sie.

Yvettas Blick glitt tiefer. Unterhalb des Nabels breitete sich dichtes Haargeflecht aus. Steil erhob sich ein riesiger Turm mit runder Kuppel daraus.

Yvetta stöhnte auf. ‚Oh Gott, solch einen Riesen habe ich noch nie gesehen.'

Gleichzeitig erregte sein Anblick sie plötzlich auf unerwartete Weise. Sie spürte, wie sich ihre Brustwarzen aufrichteten. Sie lechzten nach Berührungen.

Ein Hauch der Räucherkräuter schwebte über sie hinweg. Tief sog sie den Duft ein, der eine ungeahnte Lust in ihr entfachte.

Ihre Zunge lugte aus dem Mund. Wollüstig umspielte sie die Lippen. Sie wollte ihm ihr Becken entgegenstrecken, doch die Seile hielten sie erbarmungslos fest.

Festgezurrt konnte sie nichts weiter tun, als mit großen Augen die Bewegungen ihres Meisters zu verfolgen.

Aggelos verschwand aus ihrem Gesichtsfeld. Er stand hinter ihr. Behutsam löste er ihren Haarzopf und breitete die blonden Strähnen andächtig aus.

„Ein Heiligenschein aus fließendem Gold", flüsterte er. „Wie wunderschön! Die Sterne verblassen vor deinem Glanz. Bald schon wird dein Anblick sie beschämen."

Er schloss die Augen und spielte gedankenverloren mit ihrem Haar. Unverständliches Murmeln entfloh seinen Lippen. Fast klang es wie ein Gebet.

Yvetta lauschte verwundert seinen leisen Worten, die sie nicht verstand.

Sie senkte ebenfalls die Lider und genoss die zärtlichen Berührungen.

Ein kühler Hauch fuhr über ihren Körper, sie begann zu zittern.
Aggelos bemerkte es. Er richtete sich auf.
„Es ist Zeit! Die Nacht währt nicht ewig."

Dreimal umschritt Aggelos in seiner männlichen Nacktheit den Altar.
‚Nur nichts falsch machen', ermahnte er sich selbst. Er versuchte krampfhaft, seine immer stärker werdende Gier nach Fleisch und Blut im Zaum zu halten. Schmerzhaft kicherte eine uralte Erinnerung am Rande seiner Sinne. Sie spottete über seinen letzten, lange zurückliegenden Versuch, ein Weib zu nehmen.
Energisch verscheuchte er diesen lästigen Gedanken an sein Versagen.
‚Heute Nacht wird es gelingen!'

Die Augen hielt er andächtig zu Boden gesenkt, wagte nicht, einen Blick auf sein bewegungsunfähiges Opfer zu werfen.
Dabei murmelte er immer wieder unverständliche Worte vor sich hin.
Nun klang es mehr wie eine Beschwörungsformel.

Yvetta war sich nicht sicher, ob sie es beängstigend oder belustigend finden sollte.

Schließlich blieb er zu ihren Füßen stehen.
Er beugte sich hinab. Seine Zunge begann, eine Zehe zu umkreisen.
Stechend durchfuhr es Yvetta, als scharfe Zähne ein Loch in ihren Fuß bohrten.

Aggelos saugte genüsslich einige Tropfen von ihrem Blut. Der Geschmack entfachte eine wilde Gier, die heiß durch seine Adern schoss.

Yvetta dagegen schauderte. ‚Widerwärtig!'
Manch einen fahrenden Händler beglückte sie schon im Dienste ihres Vaters. Auch ausgefallene orientalische Wünsche waren ihr nicht fremd, doch dieses Gelüst fand sie ekelhaft.
Sie zwang sich, nicht zurückzuzucken.

Bald kroch seine Zunge höher und höher hinauf, umrundete das Knie.
Schließlich drängte Aggelos Kopf ihre Schenkel auseinander.
Das gefiel Yvetta schon besser. Sie stöhnte lustvoll, als sein Mund an ihrer Scham zu lecken begann. Die neckische Zunge ließ es sich nicht nehmen, in die feuchte und nur allzu bereite Lusthöhle einzudringen.
„Oh Meister Aggelos, Ihr tut mir so gut. Nehmt mich, erlöst mich."
Yvetta wand sich in süßer Pein. Sie ignorierte die Fesseln, die ihr bei jeder Bewegung ins Fleisch schnitten.
Der kleine Lustdolch stach immer wieder zu, traf zielsicher die empfindlichste Stelle.
Die spitzen Zähne, die der Zunge folgten, stachelten die Glut weiter an.
Yvetta schrie gellend auf, als heiße Wogen einer nie erlebten Leidenschaft ihren Körper durchrollten.

Bevor sie wieder zu Atem kam, bedeckte Aggelos sie mit seinem ganzen Leib. Seine frostige Haut kühlte ihre Hitze aber in keiner Weise ab.

„Nehmt mich ganz!", winselte sie. Ihre Wollust kannte keine Grenzen. Sie meinte, auf schwarzen Flügeln zu den Sternen zu fliegen.

Aggelos ließ es sich nicht zweimal sagen.
Er rammte sein riesiges Schwert tief in sie hinein.
Yvetta stöhnte auf. Heftiger Schmerz wollte sie schier zerreißen.
Seine scharfen Fingernägel gruben sich in ihre Haut und zeichneten seltsame Muster. Dünne Blutrinnsale quollen im schnellen Rhythmus ihrer Atmung aus den Wunden.
Gierig leckte Aggelos jeden einzelnen Tropfen auf.
Sein Geist entschwebte in eine längst vergessene Welt aus Sinnesfreude und Blutrausch.
Er fühlte die weiche, heiße Haut unter sich, hörte den lockenden Gesang ihres Lebenssaftes.
Immer schneller stieß er in die Quelle seiner Lust.
Eine Ewigkeit war es her, dass er diese Freude genoss.

„Es ist Zeit!", wiederholte er atemlos, als er sich nicht mehr zügeln konnte.
Nah an seinem Höhepunkt ließ er seiner Blutgier freien Lauf. Er schlug seine Reißzähne tief in das weiße Fleisch ihrer Kehle.

Yvetta schrie entsetzt vor Schmerz und Schrecken. Ihre Lust schlug in jähes Grauen um.

„Meister, Herr, was tut Ihr? Ihr tut mir weh!"

Er hörte sie nicht.
Ihr süßes Blut rann durch seine Kehle, vernebelte seine Sinne und belebte seine vertrockneten Zellen. Mit jedem Tropfen dieser Köstlichkeit kehrte jugendliche Lebenskraft in seinen alten Körper zurück.
Sein Lustschwert fuhr immer schneller, immer tiefer in die weiche, feuchte Dunkelheit.

Yvetta versuchte verzweifelt, sich zu wehren. Der grobe Strick hielt sie gnadenlos fest, der knochige Leib Aggelos nagelte sie auf das Lager.
„Dilyana, hilf mir!", kreischte sie angsterfüllt.
Doch niemand hörte ihr Schreien, keine Sterbensseele eilte ihr zu Hilfe.
Entsetzt rannen Yvetta heiße Tränen über die Wangen.

Im Blutrausch schlürfte Aggelos gierig weiter und weiter von ihrem Blut.

Yvetta schwanden die Sinne. Die Lebensgeister verließen sie.
Leise wimmernd sandte sie ein letztes Gebet zur Heiligen Mutter Gottes, bevor sie in einen schwarzen Abgrund fiel.

8

Dunkelheit!

Undurchdringliche, pechschwarze Dunkelheit umgab Yvetta.

„Wo bin ich?", flüsterte sie ängstlich.

Die Finsternis antwortete nicht. Totenstille hüllte sie ein.

Plötzlich kroch aus der Ferne ein Schimmer heran, zog eine Spur aus sanfter Helligkeit hinter sich her.

Er kam auf sie zu und hielt vor ihren Füßen inne.

Goldener Schein lockte sie, dem Lichtpfad zu folgen, der sich wie eine Brücke über die Finsternis spannte.

„Wohin mag er führen?"

Einen Augenblick zögerte Yvetta. Schließlich aber betrat sie den leuchtenden Steg.

Der Pfad geleitete sie über die Nebel hinweg, die neben ihr aufstiegen. Graue Dunstfinger wollten nach ihr greifen, um sie in die Tiefe zu zerren. Böses Grummeln stieg aus den Abgründen auf. Doch sie konnten ihr nichts anhaben. Goldenes Licht hüllte sie schützend ein.

Yvetta fühlte sich frei und leicht. Sie wusste zwar nicht, wo sie war und wohin sie ging, dennoch ergriff sie eine selige Vorfreude.

„Es wird ein guter, heller Ort sein, der keine Sorgen und Ängste kennt", frohlockte sie.

Alles Grauen, aller Kummer und jeder Schmerz verging. Die Erinnerung an erlittenes Unheil verblasste mit jedem Schritt mehr und mehr.

Sie schwebte vorbei an himmelhohen Bäumen, über Berge hinweg, immer höher und höher, bis selbst die Wolken weit unter ihr zurückblieben.

Engelsgleiche Gesichtchen mit Flügeln statt Ohren erschienen neben ihr. Sie lächelten ihr zu.

Dann tauchte eine riesige Mauer vor ihr auf. Sie konnte weder oben noch unten, weder rechts noch links das Ende sehen. Staunend blieb sie vor einem Tor stehen. Die Flügel schimmerten elfenbeinfarben. Glitzernde Edelsteine bildeten wundervolle, vielfarbige Rankenmuster.

Die Engelgesichtchen umringten sie und stimmten einen Jubelgesang an. Der liebliche Chor sang zu den Klängen von Kaval[4] und Gusla[5], die durch das Tor drangen.

Zwei Torflügel schwangen auf. Dahinter breitete sich eine wunderschöne Stadt mit weißen Häusern und Türmen aus. Auf den Dächern spiegelte sich strahlendes Licht.

Menschen spazierten gemächlich über silberglänzendes Pflaster. Sie trugen einfache, helle Gewänder, die ihnen bis zu den Knöcheln reichten.

In der Mitte eines weiten Platzes plätscherte munter ein Springbrunnen. Goldgefiederte Vögelchen hüpften fröhlich zwischen den Wasserstrahlen umher. Farbenprächtige Blumen säumten das Wasserbecken.

---

[4] Bulgarische Flöte
[5] Bulgarisches Streichinstrument

„Wie wunderschön!", rief Yvetta glücklich. „Welch ein herrlicher, friedvoller Ort! Hier möchte ich bleiben!"

Vorsichtig ging sie auf das Tor zu. Ein weißgekleideter Mann trat unter dem Torbogen hervor. Wohlwollend musterte er sie.
„Warte einen Augenblick", bat er sie mit freundlicher Stimme. Er verschwand hinter einer kleinen Tür und kehrte gleich darauf mit einem dicken Buch zurück.

Plötzlich entdeckte Yvetta eine wohlbekannte Gestalt. Sie stand nahe am Tor und schaute ihr erwartungsvoll entgegen.
Nur kurz huschte ein Schatten des Kummers über ihr Gesicht: ‚Dein Erdenleben währte nicht lang. Es ist doch noch zu früh für dich!'

„Majka!", rief Yvetta erfreut aus.
Ein goldener Schein umschlang sie. Sie winkte. „Meine Tochter, komm zu mir."

Yvetta wollte zu ihr eilen.
„Majka", rief sie erneut und streckte die Hände nach ihr aus. Ihre Finger berührten sich fast.

9

Auf heißen Schwingen flog Aggelos durch die Gefilde der Sinnesfreuden. Feurige Funken prickelten auf seinem Leib. Das junge Blut schoss durch seine Adern und belebte jeden Winkel seiner durstigen Zellen.
Er strebte einem gleißenden Licht entgegen, wie er es seit Ewigkeiten nicht mehr sah.
Höher und immer höher hinauf trugen ihn die Flügel der überschäumenden Gier.
Mit einem grellen Aufschrei erstürmte er den Gipfel seiner Lust.

Befriedigt und gesättigt verflog mit seiner Geilheit auch der Blutrausch.
Er riss die Zähne aus seinem Opfer und ließ sich schwer auf Yvetta niedersinken.

Als er zurückfiel in den dunklen Abgrund seiner Verdammnis, fühlte er sich dennoch prächtig.
„Welch seltsame Schicksalsmacht du auch bist, die mich in jene Schänke führte", flüsterte er atemlos, „ich danke dir, dass du mir Yvetta geschenkt hast!"
Ein glückseliges Lächeln umspielte seine Lippen, die feucht vom Festmahl glänzten.
„Mein heißer, köstlicher Eisstern! Noch viele Nächte sollst du mir dieses Glück gewähren!"

Schließlich hob er den Kopf und blickte Yvetta an.

Ein großes Loch klaffte an ihrer Kehle. Ihr Gesicht schimmerte fahl, umrahmt von ihrem goldenen Haar. Aus den geschlossenen Augen tropfte eine letzte, einsame Träne.

Bebende Angst stieg in Aggelos auf.
„Nein, du darfst nicht sterben! Das darf nicht sein! Diesmal nicht!"
Er tastete nach ihrem Herz. Es schlug nicht mehr.
„Was habe ich nur getan?"
Mit deftigen Worten verfluchte er seine maßlose Gier.
Es schien, als würde sich sein Schicksal wiederholen:
Schon einmal verlor er, was er begehrte, durch seine Unbeherrschtheit. Seitdem irrte er einsam, verfolgt von ihrem Fluch, durch die Dunkelheit.

Aus dem nahen Wald drang der klagende Schrei einer Eule herein.
Er sprang wutentbrannt auf und stellte sich nackt, wie er war, vor die Fensteröffnung.
„Verspottest du mich, Totenvogel?", schrie er sie an. Er schüttelte drohend die Faust.
„Kann sie nicht vergeben? Wird sie nie Ruhe geben?"
Ein Windstoß zauste die Bäume am Waldesrand. Es klang wie Hohngelächter.

Erbost schlug er die Fensterläden zu und wandte sich wieder zu Yvetta.

Die Kerzen brannten leise knisternd. Der betörende Kräuterduft zog schwer durch das Gemach. Yvetta lag bleich und reglos auf dem Lager seiner Lust.

„Nein, es darf nicht sein!", stöhnte er. Er kniete sich neben sie. Fieberhaft versuchte er, die große Wunde mit seiner Hand zu bedecken. Noch immer quollen kleine Lebensperlen heraus.
„Ich wollte doch nur ein wenig von dir trinken, dich kosten."
Er wollte sich an ihr wärmen und sie zur Sklavin seiner einsamen Nächte machen.
„Nur ein wenig Blut, ein wenig Fleischeslust! Nein, ich wollte dich nicht sobald zu den zahllosen anderen Knochen in den Felsspalt werfen."

Ihm blieb nur noch ein Weg, wollte er sie nicht verlieren.
Hastig biss er sich das Handgelenk auf und drückte es auf Yvettas erkaltenden Mund.

„Trink, mein Eisstern, trink!", flehte er. „Komm zu mir zurück!"
Sein Blut tröpfelte zwischen ihre Lippen. „Trink, du musst trinken!"

10

„Komm, mein Kind, tritt ein ins Himmelreich."
Der Alte lächelte ihr gütig zu.
Yvetta trat zaghaft einen Schritt vor. Lächelnd stand sie dicht vor ihrer Mutter.
„Majka, wie habe ich dich vermisst ..."
Freudentränen schossen Yvetta in die Augen.

Doch in dem Augenblick, als sie sich endlich wieder in die Arme schließen wollten, trat plötzlich ein grimmiger Wächter zwischen sie.
Er stieß den freundlichen Torhüter grob zur Seite und drängte die Mutter zurück in den himmlischen Garten.
Yvetta sah gerade noch, wie ihre Mutter entsetzt die Hände vors Gesicht schlug.

Die Gestalt wuchs zu riesenhafter Größe, färbte sich rot wie Blut.
Der böse Klang der Tarambuka[6] übertönte mit einem Mal den lieblichen Engelchor.
„Nein!", schrie Yvetta. „Warum lässt du mich nicht ein?"
Tränen rannen ihr über die Wangen. Verständnislos blickte sie sich um.
Der Wächter drängte Yvetta unerbittlich fort von dem Licht und vom Himmelreich. Eine Antwort blieb er ihr schuldig.

---

[6] Bulgarische Trommel

Die elfenbeinfarbenen Torflügel fielen krachend zu. Höhnisches Gelächter erfüllte die Luft.

Der Lichtpfad, der Yvetta hinauf geleitet hatte, wandelte sich in einen glühendroten Feuerbach.
Das Himmelslicht erlosch. Boshafte Dunkelheit senkte sich über Yvetta und hüllte sie ein. Eisige Kälte kroch ihr in die Glieder.
Krallen tauchten aus dem Nichts auf. Sie packten Yvetta und zerrten sie hart fort vom Himmelstor.
Sie stürzte durch lichtlose Schatten. Wild wurde sie herumgewirbelt. Bald wusste sie nicht mehr, wo oben und unten war.
Schreckliche Angst erfasste sie.
Sie wollte schreien, doch sie brachte keinen Ton heraus. Ihre Kehle fühlte sich trocken und sandig an.

Dafür nahm der Lärm um sie herum zu. Mit ohrenbetäubendem Kreischen flogen Raubvögel dicht an ihr vorbei. Spitze Schnäbel hackten nach ihr, scharfe Klauen verkrallten sich in ihrem Haar.
Yvetta schlug verzweifelt um sich, versuchte ihre Peiniger zu vertreiben.
Aus der Tiefe loderten Flammen auf. Hitze und beißender Gestank fielen über sie her.

Plötzlich spürte sie seltsames Kitzeln, das an ihren Beinen heraufkroch. Sie griff danach und hielt einen riesigen Wurm in der Hand. Er strampelte mit seinen unzähligen, behaarten Gliedern.
Von Ekel gepackt, ließ Yvetta ihn sofort wieder los.
Doch er ringelte sich um ihren Leib und kroch weiter an ihr herauf.

Mit boshaft glühenden Augen starrte er sein Opfer an. Seine Kopfscheren klapperten drohend.
Dann öffnete er das Maul. Messerscharfe Dolchzähne blitzten auf.
Im nächsten Moment schon bohrten sie sich in Yvettas Fleisch.
Starr vor Entsetzen verlor sie die Kraft, sich gegen diesen Unhold zu wehren.

Von allen Seiten begannen garstige Hände, Klauen und Zähne an ihr zu zerren.
Sie zerrissen ihren schimmernden Leib und die zarte Seele.
Windgeister zankten sich um die roten Höllenfunken und den schwarzen Staub, in den sie zerfiel.
„Warum?", schluchzte sie verzweifelt. „Warum tut ihr mir das an?"
Nur grausiges Fauchen bekam sie zur Antwort.

Yvetta glaubte sich auf ewig verloren, versunken im Qualfeuer der Unterwelt, aus dem es kein Entrinnen gab.

Doch aus weiter Ferne vernahm sie einen leisen Ruf: „Mein Eisstern, komm zu mir zurück!"

11

Aggelos Ader begann sich schon wieder zu schließen, als Yvetta endlich die ersten Tropfen schluckte.
„Ja, so ist es gut. Trink, nimm von mir."
Es dauerte eine Weile, dann begann die Wunde an ihrer Kehle zuzuwachsen.

Mit einer Hand zerriss Aggelos die Seile, die Yvetta noch immer festhielten.
Gebannt schaute er zu, wie sich ihr schmerzverzerrtes Gesicht langsam glättete.
Ihre Mundwinkel zuckten, ihre Nasenflügel bebten leicht.
Einen Moment später schlug sie die Augen wieder auf.

Erleichterung durchströmte Aggelos.

„Meister Aggelos!"
Yvetta richtete sich verwirrt auf. Aggelos lächelte freudig und stützte sie. Noch war sie geschwächt. Er hatte ihr mehr Blut geraubt, als er ihr zurückgeben konnte.

„Was ist geschehen? Euer Liebesritt raubte mir wohl die Sinne."
„So könnte man es nennen", schmunzelte er vergnügt.
Sie blickte sich verwundert um. Der Saal schien ihr größer. Sie sah einen Kamin, den sie vorher nicht bemerkt hatte. Spinnwebennetze hingen in den Deckenwinkeln.

Auf dem Fußboden glimmten die Räucherschalen und verströmten betörenden Duft.

„Ich spürte Euch mit Schmerz und Feuer, bevor mich eine friedliche Dunkelheit einhüllte. Doch sie währte nicht lang. Ein seltsam grässlicher Traum hielt mich gefangen."

Die Worte sprudelten gedankenverloren aus ihr heraus, während sie Aggelos musterte. Er erschien ihr weitaus weniger abstoßend als noch vor kurzem. Auch ihre Furcht vor ihm war verflogen.

„Ich träumte, ich wäre gestorben ..."

Aggelos lachte.

„Nun, mein Kind, das bist du auch."

Erschrocken sah Yvetta ihn an.

„Aber du bist zurückgekehrt von den Toten. Du bist nicht verloren, nein, du wirst leben bis in alle Ewigkeit. Allerdings", fügte er mit spöttischem Bedauern hinzu, „das leuchtende Reich in den Wolken wirst du nie wieder sehen."

Yvetta blickte ihn entsetzt und gleichzeitig verständnislos an.

Aggelos rieb sich freudig die Hände. Sie war ihm zurückgegeben und würde nun sein Los teilen. Sie würde sein Licht in den endlosen Nächten der Jahrhunderte sein.

„Nichts wird uns mehr trennen, mein Eisstern.
Ein großes Geschenk ist dir zuteil geworden, das Geschenk der ewigen Jugend, der ewigen Schönheit und des ewigen Lebens."

Liebevoll strich Aggelos ihr über das Haar.

„Ein neues Leben ist dir gewährt. Von jetzt an wirst du meine Isabella sein, mein Kind der Nacht."

Yvetta fühlte sich verwirrt und müde. Sie konnte den Worten ihres Meisters nicht folgen. Eine bodenlose Leere dehnte sich in ihrem Geist aus, bleierne Schwere legte sich auf ihre Glieder.
Sie sank zusammen.

Die Spätsommernacht war wie ein Augenzwinkern verflogen. Schon spürte Aggelos die unbarmherzigen Finger der Sonne, die sich langsam an den Rand des Horizonts herantasteten.

„Zeit, unser Schlafquartier aufzusuchen."

Mit einem langen Atemzug löschte er alle Kerzen, nahm sein junges Vampirkind auf den Arm und schritt gemächlich hinab in die sichere Tiefe des Berges.

Die nächste Abenddämmerung würde viele neue Herausforderungen bereithalten.

12

Aggelos erwachte früh. Er fühlte deutlich, dass die Sonne noch längst nicht gewillt war, den Himmel für eine prächtige Sternennacht zu räumen.
Prickelnde Vorfreude weckte ihn aus der tiefen Tagesruhe.

Schwerfällig erhob er sich vom steinigen Boden.
Das erste Mal seit Jahrhunderten spürte er ein unbehagliches Ziehen im Rücken. In einem Anflug väterlicher Fürsorge hatte er seine junge Isabella beim Morgengrauen in seine Schlafkiste gebettet und selbst mit dem rauen Felsboden vorlieb genommen.
„Wie konnte ich nur …"
Der Hauch von Ärger verflog jedoch sofort, als er auf sein Vampirkind hinab sah. Versonnen betrachtete er ihre nackte Schönheit. Vorsichtig berührte er ihr Gesicht, als fürchtete er, sie zu zerbrechen. Kühl fühlte sich ihre bleiche Haut an.

„Auf blutroten Schwingen wurdest du zu mir zurückgesandt, nun bist du mein."
Ein heißes Verlangen begann in seinen Lenden zu kribbeln.
Es fiel ihm schwer, seine Gelüste zu zähmen und sich von ihrem Anblick loszureißen.
Doch es gab viel zu tun.
Als Erstes brauchte sie ein neues Kleid.

„Ich habe dir edle Tücher versprochen", murmelte Aggelos, als er in einer Nebenkammer zahllose Truhen durchstöberte, die er im Laufe seines Vampirdaseins gehortet hatte.
Bald fand er, was er für passend hielt. Ein Salvar[7] aus feinstem Gespinst, ein Gömlek[8] und ein Yelek[9], sogar ein Paar Sipsip[10], besetzt mit weißen Perlen, zog er aus einer Kiste. Er hatte sie erst vor kurzem einem osmanischen Kaufmann abgenommen, der im unwegsamen Gebirge vom Wege abkam. Abseits der bekannten Handelswege wähnte er sich sicherer vor Räubern. Aggelos kicherte belustigt bei dieser Erinnerung.

„Der Goldton wird wunderbar zu deinem Haar passen."
Er breitete die Kleider neben Isabella aus.
Noch hielt sie der totengleiche Schlaf fest gefangen.

Aggelos zog sich ebenfalls ein neues Gewand aus einer Truhe. Sein alter Kaftan lag noch achtlos dort auf dem Boden, wo er ihn in der letzten Nacht fallen gelassen hatte.
Er eilte sich, seinen prüfenden Rundgang durch die Burg zu unternehmen. „Unliebsame Eindringlinge können wir heute Nacht erst recht nicht gebrauchen. Andererseits", überlegte er, „Isabella braucht dringend Blut. Sie wird sehr durstig sein."
Er dachte darüber nach, ob ihm Zeit für eine kurze Beutejagd blieb. Dann fiel ihm jedoch Dilyana ein.

---

[7] lange Unterhosen, Pumphosen (Kleidung der osmanischen Frauen)
[8] langes Unterkleid mit Ärmeln
[9] kurzes, tailliertes Jäckchen
[10] absatzlose Slipper

„Das rothaarige Weibsbild harrt noch im Verlies. Sie ist gewiss ein ausreichender Tropfen." Aggelos grinste. „Sie hat sich ihr Schicksal selbst gewählt, als sie unbedingt der Spieleinsatz sein wollte." Er erinnerte sich, dass er über ihre Einmischung erst verärgert war. Irgendetwas an ihrem Wesen hatte ihn beunruhigt.
„Aber so ist sie doch noch zu etwas nutze!"

Bevor Aggelos seinen Rundgang beendet hatte, erwachte Yvetta ruckartig.
„Wo bin ich?"
Sie richtete sich auf und rieb sich die Augen.
Grob behauenes Gestein wölbte sich über ihr. Tiefe Stille umgab sie.
„Hat er mich wieder in das kalte Verlies gesperrt?"
Doch es roch nicht nach fauligem Stroh. Auch spürte sie keinen Hauch von Kälte.
Obwohl kein Lichtschimmer in die Kammer drang, erkannte sie jedes einzelne Brett ihrer Schlafstatt. Sie saß in einer hölzernen Kiste, die sie irgendwie an einen Sarg erinnerte.
„Ein seltsamer Schlafort! In einer Burg müsste es doch Gemächer mit bequemen Betten geben." Enttäuscht seufzte sie.

Nur verschwommen konnte sie sich an die letzte Nacht erinnern.
Sie sah sich selbst auf den schwarzen Tüchern liegen, sich wollüstig räkelnd. Aggelos war über ihr und bereitete ihr große Lust, bis ihr die Sinne schwanden.
„Mutter Gottes, er muss mich hart genommen haben."
Doch sie fühlte keinen Schmerz.

Schlürfen klang in ihrem Ohr nach. Seltsamerweise stieß es sie nicht ab, im Gegenteil, ein freudiges Vorgefühl durchflutete sie.
„Hat er mich wirklich gebissen?"
Sie tastete nach ihrem Hals und erwartete, eine tiefe Wunde zu finden.
„Nichts, kein Kratzer." Sie schüttelte verwundert den Kopf. „Das muss ich mir wohl nur eingebildet haben. Wer weiß, welche Geister dieser wilden Kräutermischung in seinen Schalen entsprungen sind. Mehr als wunderliche Träume sandten sie mir!"
Dem merkwürdigen Geschmack auf ihrer Zunge schenkte sie keine Beachtung.
„Meister Aggelos", flüsterte sie versonnen. „Er hat mir ein Geschenk versprochen, ewige Jugend, ewige Schönheit. Was mag er wohl damit gemeint haben?"
Sie hoffte, dass diese Worte kein Traum gewesen sind.

Ein Goldschimmer zog ihren Blick auf sich.
Erst als sie die wunderschönen Kleider sah, bemerkte sie ihre vollkommene Nacktheit.
Erschrocken sprang sie auf und versuchte ihre Blöße zu bedecken.
Gleich darauf lachte sie über sich selbst.
„Warum sollte ich mich schämen?"

Sie begutachtete ausgiebig die Gewänder. Ehrfürchtig ließ sie den kostbaren Stoff durch ihre Finger gleiten.
„Wie wunderschön!"
Und sie passten wie für sie geschneidert.

Neugierig verließ sie die Schlafstatt auf der Suche nach ihrem neuen Herrn.

Sie trat hinaus in einen fensterlosen Gang. Wieder umgab sie nur graues Felsgestein.

Rechter Hand verschwand der Tunnel in lichtloser Ferne. Als sie den Kopf zur linken Seite wandte, erspähte sie eine Treppe.

Leichtfüßig eilte sie darauf zu.

In einer Spirale führte die Stiege noch oben. Nach zahllosen Stufen endete sie jedoch abrupt vor einer Felswand. Keine Tür gewährte einen Durchgang.

Yvetta befühlte verwundert die Steine.

„Au!"

Ein vorwitziges Gesteinsstück ritzte ihre Hand auf.

Aus Gewohnheit leckte sie über die Wunde, bevor sie die Wand weiter abtastete.

Der Geschmack des Bluttropfens entzündete ein heißes Feuer in ihrem Mund.

Höhnisches Kichern wisperte von allen Seiten.

Hunger und eine brennende Gier nach etwas Unbekanntem, bislang nie Gekostetem, begannen wie ein wildes Tier in ihrem Bauch zu wüten.

Sie meinte, zerbersten zu müssen.

Erschrocken presste sie die Hände auf ihren Leib.

Das Gewölbe weitete sich zu einem endlosen, schwarzen Himmel.

Das Gestein glühte.

Entsetzt wankte sie zurück zur Treppe. Aus der Tiefe schlugen ihr Flammen entgegen.

Ein Schwindelgefühl wirbelte ihre Sinne im Kreis. Fast wäre sie gestürzt.

Doch in nächsten Augenblick war der Spuk wieder vorbei.
Schwer atmend lehnte sie sich an die Wand.
„Was war das?"
Der Fels gab ihr keine Antwort, auch das Wispern war verstummt.
Sie schüttelte sich.

„Ich muss einen Ausgang aus der Felsengrotte finden. Irgendwo wird diese Treppe ja wohl hinführen!"
Ungeduldig suchte sie weiter die Wände nach einer Tür ab.
„Die Treppe kann doch kein Irrweg sein!"

Aber sie fand nur unebenen Fels.
Erzürnt trat sie gegen die Steine – ebenso erfolglos!
Schließlich schien ihr nichts weiter übrig zu bleiben, als die Stufen wieder hinabzusteigen und nach einem anderen Ausgang zu suchen.
Seufzend drehte sie sich um. Sie stützte sich auf das Geländer der Wendeltreppe, um nicht doch noch hinabzustürzen.

Plötzlich knirschte es hinter ihr. Sie wirbelte ungläubig herum.
Ein Lichtschein drang durch eine schmale Öffnung in der Wand.
„Eine Geheimtür!"

Eilig zwängte sie sich durch den Spalt. Sie fürchtete, er könnte sich zu schnell wieder schließen.

In ihrer Aufregung verhaspelten sich ihre Füße mit der ungewohnten Beinkleidung und den scharfkantigen Steinen.

Sie stolperte und fiel der Länge nach hin.

Starke Arme stellten sie wieder auf die Beine.

„Guten Abend, meine liebe Isabella."

„Oh, Meister Aggelos", hauchte sie überrascht. „Guten Abend!"

Der Klang seiner tiefen Stimme und der Name, mit dem er sie ansprach, hallten in ihr nach und weckten eine seltsame Lust.

Sie meinte, ihr Herz müsste vor Aufregung laut klopfen - tat es aber nicht. Es blieb still in ihrer Brust.

„Gefallen dir die Kleider?"

Isabella sah an sich hinab und strich andächtig über das feine Gewebe.

„Ja, Meister Aggelos."

Er lachte.

„Ich habe es dir versprochen. Und ...", er beugte sich zu ihrem Ohr hinab, als ob er ihr ein Geheimnis anvertrauen wollte, „es warten noch viele weitere Kostbarkeiten auf dich."

Ein Glücksgefühl durchströmte Isabella.

‚Er muss ein reicher Mann sein, auch wenn er mir ein wenig seltsam erscheint. Warum lebt er einsam in der alten Burg?', fragte sie sich. ‚Verbirgt er Geheimnisse, die niemand wissen darf?'

Sie schüttelte unmerklich den Kopf. Die Fragen konnten warten. Viel verlockender fand sie seine Andeutung über die Kostbarkeiten: ‚Hat er mich erwählt, um mich womöglich mit Schmuck und Edelsteinen zu überhäufen?'

Isabella strahlte bei diesem Gedanken und schaute ihn an.

‚Was hat mir solche Angst vor ihm eingeflößt?' Sie konnte sich gar nicht mehr recht erinnern.

Aggelos betrachtete sie ebenfalls. Ihr Anblick erfreute ihn.

‚Welch ein liebliches Kind!'

Tief sog er ihren Duft ein. Ein Hauch Mensch umspielte sie noch immer und reizte seine Sinne. Vorfreude auf kommende Genüsse durchflutete ihn.

Er bot ihr höflich seinen Arm.

„Komm, meine Liebe, du sollst dein neues Heim kennenlernen."

Gemächlich schritten sie durch eine Halle.

Der Mond lugte zu den Fensteröffnungen hinein.

„Es ist bereits Abend?" Isabella erschrak. „Habe ich etwa den ganzen Tag geschlafen?" Sie schämte sich zutiefst.

„Verzeiht mir, Meister Aggelos!", flüsterte sie mit gesenktem Blick.

Aggelos dagegen lachte. „Meine Liebe, sei unbesorgt. Der Tag ist für uns nicht wichtig."

Isabella beruhigte sich und sah nachdenklich den Fledermäusen nach, die durch die Nacht glitten. Unwillkürlich schüttelte sie sich. Diese Jäger der Nacht widerten sie an.

Aggelos war ihrem Blick gefolgt.

„Du magst sie nicht? Ich hörte, dass sich Frauen mit einer Paste aus Fledermausblut einreiben, um lästige Haare zu entfernen."

Isabella schaute ihn zweifelnd an.

„Bei uns sagt man, sie würden sich gern in den Haaren junger Mädchen festkrallen und sogar ihr Blut trinken!"

Bei dem Gedanken an Blut regte sich ein gieriges Verlangen in ihr.

Plötzlich strauchelte sie abermals.

„Mir ist so seltsam. Ich fühle mich so schwach."

Aggelos stützte sie.

„Du brauchst Nahrung."

Im nächsten Moment straffte sie sich wieder. „Ja, ein wenig Essen und Wasser wären sicher gut."

Sie sah nicht, wie Aggelos belustigt das Gesicht verzog.

‚Blut, meine Liebe, Blut brauchst du, nicht nährloses Wasser.'

Allerdings behielt er diesen Gedanken vorläufig für sich.

Laut sprach er: „Deine Schwester darbt leider noch immer im dunklen Verlies des Wachturmes. Ich bedaure es sehr." Er tat zerknirscht.

„Meinst du, du hast noch genug Kraft, sie zu uns zum Mahl zu bitten?"

‚Dilyana!', durchfuhr es Isabella. Sie hatte ihre Schwester völlig vergessen.

„Ja Meister, ich fühle mich gut."

Isabellas Blick fiel auf den Kerkerturm und den wuchtigen Riegel.

Sie seufzte. ‚Wie soll ich nur den schweren Balken von der Tür zerren?'

Doch der Gedanke an ihre gefangene Schwester, die ohne Wasser und Brot in der Dunkelheit tief im Gemäuer schmachtete, trieb sie hinaus in den Burghof.

Aggelos schaute ihr erheitert nach.
„Mein Eisstern, du ahnst noch nichts von deinen neuen Kräften. Der Balken ist nur ein geringes Hindernis für dich."

13

Isabella eilte, ohne den Blick über den verwilderten Hof schweifen zu lassen, schnurstracks zum Turm. Die Angst um ihre Schwester gaukelte ihr Schreckensbilder vor. Ratten nagten an ihren Gebeinen, Spinnen krochen über ihren Leib. Anderes gottloses Ungeziefer machte sich an ihr zu schaffen.
‚Die Arme, sie kann dem Angstloch nicht entfliehen.'

Ohne Mühe zog sie den schweren Balken fort. Sie verlor keinen Gedanken daran, wie sie das geschafft hatte. Hastig eilte sie die glitschigen Stufen hinab.
„Dilyana, Dilyana!", rief sie unentwegt. „Hab keine Angst mehr. Ich hole dich aus diesem garstigen Gefängnis heraus."
Sie fand sofort die Kammer, in der Dilyana eingesperrt war. Ein verführerischer Duft, der ihren Hunger anstachelte, leitete sie in die Tiefen des Turmes.

Dilyana war nur halb bei Bewusstsein. Angst, Hunger und Durst lähmten ihre Sinne. Wie aus weiter Ferne hörte sie die Stimme ihrer Schwester nach ihr rufen.
„Ich bin hier!", flüsterte sie, fast nicht in der Lage, sich zu bewegen.
Sie traute kaum dem Funken Hoffnung, ihrem erbärmlichen Ende in diesem dunklen Loch zu entgehen.
Doch die Stimme kam näher und die Kerkertür wurde aufgerissen. Im nächsten Moment stürzte sich Isabella auf ihre Schwester. Schluchzend lagen sich die Schwestern in den Armen.
„Alles wird gut."

„Oh Yvetta, ich bin so froh, dass du wieder bei mir bist."

Plötzlich überkam Yvetta, die ja nun Isabella war, ein unerklärliches Verlangen, Dilyana in den Hals zu beißen. Sie hörte das Blut durch die Adern ihrer Schwester rauschen. Es wisperte und lockte sie. Entsetzt schüttelte sie sich.

„Keine Angst, Meister Aggelos meint es gut mit uns. Sieh nur, was für schöne Gewänder er mir schenkte."
„Yvetta, es ist stockfinster."
Verwundert schaute Isabella ihre Schwester an. Sie konnte sie doch sehr deutlich sehen.
‚Sie war wohl einfach nur zu lange in diesem Loch gefangen.'
„Komm, der Meister wartet mit einem Mahl auf uns. Du musst ja ganz ausgehungert sein."
Dilyana sah ihre Schwester nicht, sie fühlte nur ihre vertraute Nähe. Und doch war sie irgendwie anders.

Schwerfällig erhob sie sich von dem fauligen Strohlager. Ein unerklärlicher Hauch böser Vorahnungen durchflutete sie, als sie ihrer Schwester auf dem lichtlosen Weg hinauf folgte.
‚Wieso weiß sie so sicher den Weg? Sie sieht doch genau wie ich keinen Schimmer!'

Als sie endlich den düsteren Turm verlassen hatten, atmete Dilyana befreit die Luft der Nacht ein. Sie schaute ihre Schwester an, sah die kostbare osmanische Kleidung.
Isabella bemerkte diesen Blick.

„Die hat mir Meister Aggelos geschenkt. Für die letzte Nacht!", fügte sie bedeutungsvoll hinzu.
Dilyana zog erstaunt die Augenbrauen in die Höhe, nickte aber verstehend.

Aggelos erwartete die beiden Mädchen bereits ungeduldig. Es verlangte ihm nach Isabellas Leib. Seine Lenden schmerzten vor erwartungsvoller Lust. Doch er musste sich noch zurückhalten.
‚Erst muss sie trinken.'

Isabella packte Dilyana am Arm und zog sie mit sich.
„Lassen wir den Meister nicht warten. Oh, ich bin so hungrig!"

Das ungute Gefühl in Dilyana verstärkte sich, als sie Aggelos sah. Die Nackenhaare sträubten sich und eine Gänsehaut lief ihr über den Rücken.

„Kiwitt Kiwitt", klang es aus dem nahen Wald.
Der Ruf des Käuzchens trug nicht gerade zu ihrer Beruhigung bei.
Mit schwerem Flügelschlag erhob sich eine Eule vom Kerkerturm.
Eine rote Feder fiel auf ein kleines Gesträuch.
Ohne nachzudenken bückte sich Dilyana. Sie hob die Feder auf. Dabei brach sie ein Zweiglein des Kreuzdorns ab. Beides steckte sie in ihre Schürzentasche.

„Yvetta, warte!" Sie versuchte, ihre Schwester zurückzuhalten.
„Ich bin nun Isabella!"

Ungläubig schaute Dilyana sie an. Doch Yvetta winkte gereizt ab. „Das erkläre ich dir später! Komm endlich!"

Dilyana konnte mit ihrer Schwester nicht Schritt halten, die freudestrahlend vorauseilte.
Warnende Stimmen drängten sich in ihren Kopf. Sie flüsterten von Tod und Verderbtheit. Aber ganz leise, am Rande ihres Geistes, kicherte etwas Vertrautes.
Ihr blieb jedoch keine Zeit für klare Gedanken. Nur wenige Schritte trennten den Turm vom Haus.

Isabella schmiegte sich bereits an Aggelos, als Dilyana die Tür erreichte.
„Guten Abend, Dilyana", begrüßte sie Aggelos überraschend freundlich und fügte bedauernd hinzu: „Es tut mir wirklich leid, dass du so lange in der kalten Zelle ausharren musstest.
Nun folge uns zu unserem Mahl."

Dilyana hätte am liebsten auf den Hacken kehrt gemacht und wäre weit, weit weggelaufen, so sehr griff ein unbeschreibliches Grauen nach ihrer Seele. Alles in ihr sträubte sich, dieses Gemäuer zu betreten. Die Worte mochten zwar freundlich klingen, doch spürte Dilyana eine boshafte Kälte dahinter.

Aggelos bemerkte unwillig ihr Zögern. Er verschränkte seine Finger ineinander und hielt sie vor seinem Leib. Ein dunkler Hauch, kaum wahrnehmbar, stieg aus seinen Händen auf.

Doch Dilyana sah den feinen Nebel, der über sie hinwegzog. Sie wollte ihm ausweichen. Ihre Glieder gehorchten ihr jedoch nicht. Klebrig legte sich der Schattennebel auf ihren Geist und lähmte ihren Widerstand.

Aggelos stechender Blick ruhte auf ihr. Er zwang sie, sich vorwärts zu bewegen, einen Schritt vor den anderen zu setzen.

Schaudernd trat sie in seinem Bann gefangen ins Haus.

Isabella ging voran in den großen Saal, in dem in der letzten Nacht ihr Schicksal besiegelte wurde. Allerdings ahnte auch sie nicht, was Aggelos nun von ihr verlangte.

Die Erwartung einer reich gedeckten Tafel mit erlesenen Köstlichkeiten zerplatzte, als sie die Tür aufstieß.
Nur die schwarze Lagerstatt wartete in der Mitte, umringt von erloschenen Kerzen.
Fragend schaute sie sich nach Aggelos um.
„Geleite sie in den Kreis."

Isabella tat, wie ihr geheißen, obwohl sich Unwille in ihr zu regen begann.
‚Wo ist das Mahl? Was hat er vor?', fragte sie sich. ‚Er wird sie doch nicht etwa vor mir nehmen wollen wie mich gestern?'
Ein Stich der Eifersucht fuhr durch ihre Brust.
‚Ich bin sein Eisstern, mir versprach er Kostbarkeiten!' Ihre Augen blitzten zornig auf.

Dilyana fühlte sich zu schwach, um sich dem festen Griff an ihrem Arm zu widersetzen. Ein Blick in die Augen ihrer Schwester ließ ihr das Blut in den Adern gefrieren. Böses Funkeln blitzte auf, rotglühende Flammen schlängelten sich um ihren Augapfel.

Starr richtete sich Isabellas Blick auf das schwarze Lager.
„Was hat er dir angetan?", flüsterte Dilyana entsetzt.
Isabella hörte die Worte nicht. Der dämonische Keim, den Aggelos in ihr Blut gepflanzt hatte, paarte sich mit dem Stachel der Missgunst. Er hauchte ihr neidhaft ein: „Sie hat, was du begehrst. Nimm es dir!"
Immer heftiger nagte Hunger an ihren Eingeweiden.
„Sonst wirst du mit ihr teilen müssen!"
Der Geruch des angstvoll pulsierenden Blutes in den Adern der Sterblichen an ihrer Seite raubte ihr fast den Verstand. Sie wusste nicht, wie ihr geschah.

Tief in ihrem Herzen ahnte Dilyana Schlimmes. Kaum mehr als einen Schemen nahm sie eine Erhöhung vor sich wahr. Ein schwerer Duft von erloschenem Räucherwerk umschwebte sie, hüllte sie ein.
‚Was war in der letzten Nacht mit Yvetta geschehen? Was erwartet mich?'
Lautlos betete sie zur Heiligen Mutter Maria und hoffte inbrünstig auf ihren Beistand.

„Leg dich nieder!", hörte sie Aggelos kalte Stimme befehlen.
Tränen rannen ihr über die Wangen.

„Yvetta, hilf mir", flehte sie.

„Tu, was der Meister verlangt!" Mit hartem Griff drängte Isabella ihre Schwester auf die schwarzen Tücher.

Dilyana fehlte die Kraft, sich zu wehren. Weinend blieb ihr nichts weiter übrig, als sich zu fügen.

Aggelos trat an ihre Seite und deutete Isabella, sich neben ihn zu stellen.

„Das Mahl ist angerichtet!"

Isabella schaute verständnislos zwischen Aggelos und Dilyana hin und her. Der Meister nickte ihr aufmunternd zu.

„Sie ist deine Nahrungsquelle. Trink von ihr!"

„Nein!", entfuhr es entsetzt beiden Mädchen gleichzeitig.

„Was soll das?", fragte Isabella trotzig. „Ihr verspracht ein Abendmahl."

„Wie ich bereits sagte, sie ist dein Mahl. Du wirst ihr Blut trinken, um deinen Durst zu stillen."

„Wie kann ich von ihr trinken, sie ist meine Schwester!", schrie Isabella entgeistert Aggelos an. „Wie kann ich Blut trinken? Das ist ekelhaft!"

Der Nachhall des köstlichen Geschmacks auf ihrer Zunge strafte ihre Worte Lügen. Sie weigerte sich jedoch, es wahrhaben zu wollen.

Aggelos seufzte und erklärte: „Mein Blut, das du gestern getrunken hast, holte dich zurück aus dem Reich der Toten. Es ist der Preis für

das Geschenk der immerwährenden Schönheit. Menschenblut wird deine Nahrung sein bis in alle Ewigkeit. Glaube mir, bald wirst du es lieben."
„Nein, niemals!"

Geduld war nicht gerade Aggelos Stärke. Er hatte nicht vor, sich die ganze Nacht das Gezeter anzuhören.
„Oh doch."
Er packte Isabella am Genick und warf sie auf Dilyana. Die Mädchen wehrten sich verzweifelt, aber Aggelos Kraft reichte, um beide auf dem Lager festzuhalten.

Kurzerhand biss er selbst Dilyanas Halsader auf und ließ sich einige Tropfen des süßen Blutes auf die Zunge rinnen. Nur mühsam beherrschte er sich, um nicht den kostbaren Quell zu genießen.
Der Geruch des sprudelnden Blutes stieg Isabella verführerisch in die Nase und ließ sie alles um sich herum vergessen. Ein Schleier legte sich über ihren Geist.
Ihre Gegenwehr und ihre Abneigung verflogen. Von Gier getrieben stürzte sie sich auf ihr erstes Opfer. Hungrig hieb sie ihre Zähne in die pulsierende Ader an Dilyanas Kehle.

Aggelos zog sich einen Schritt zurück und betrachtete zufrieden seinen Schützling.

Dilyana schrie in Todesangst und versuchte, sich aus dem kraftvollen Griff zu befreien. Sie schlug um sich, trat und kratzte.
„Yvetta, Yvetta! Was tust du? Lass mich los!"

Nur höllisches Fauchen ließ Isabella vernehmen. Im Blutrausch gefangen, war sie taub für das Leiden ihrer Schwester.
Im Gegenteil, statt innezuhalten, spann ihr erstarkender Dämon ein unsichtbares Netz um das Opfer, fesselte es in einer Aura des Grauens und lähmte es.

Bald lag Dilyana starr vor Entsetzen auf ihrem Totenbett.
Mit jedem Tropfen, den ihre Schwester nahm – ‚Ist es noch meine Schwester?', fragte sie sich – schwanden ihre Lebensgeister.
Ihre Augen schweiften angsterfüllt umher.
Gab es noch Rettung für sie?

Schwacher Mondschein fiel durch ein Fenster in den Saal.
‚Licht!', schoss es Dilyana durch den Kopf. ‚Licht wird ihnen Einhalt gebieten.'
Sie wusste nicht, wie sie auf diesen Gedanken kam, fand ihn aber tröstlich.
‚Doch woher soll Licht kommen?'
Ihr verzweifelter Blick streifte die Kerzen. Und wieder vernahm sie leises Wispern aus weiter Ferne. Eine Stimme, die sie nicht kannte, die ihr aber dennoch vertraut vorkam, flüsterte ihr Worte in einer fremden Sprache zu. Ihre Lippen wiederholten sie lautlos.

Plötzlich schreckte ein leises Zischeln Aggelos auf. Er schaute sich erstaunt um.
Alle Kerzen um ihn herum brannten.

„Was, zum Dunkelgnom, ist das?", entfuhr es ihm.

Fast hätte eine der Flammen sein Gewand angefressen.

„Rothaarige Striga! Ich wusste, dass es Ärger mit dir gibt."

Giftig funkelte er Dilyana an.

Ihre Augen fingen Aggelos hasserfüllten Blick auf.

‚Welch ein Ungeheuer hast du aus meiner Schwester gemacht?', klagte sie ihn an.

Ihr fehlte bereits die Kraft, um Zunge und Lippen zum Sprechen zu bewegen. Stumm schleuderte sie ihm ihren Zorn entgegen.

‚Gebiete ihr Einhalt!'

‚Warum sollte ich das tun? Sie braucht dein Blut, um mir zu dienen.'

Aggelos antwortete auf gleichem Wege.

Es entspann sich eine wortlose Zwiesprache, die beide überraschte.

‚Ha, dieses einfältige Ding ist leicht mit Geschenken und feinen Gewändern zu ködern. Was kann sie dir bieten?'

‚Was ich lange missen musste.'

‚Liebesdienste etwa?'

Aggelos grinste unwillkürlich, was Dilyana nicht entging.

‚Diese Zimperliese hat doch keine Ahnung, was Männer – richtige Männer – wollen.'

‚Meinst du, ich bin kein richtiger Mann?', grollte Aggelos.

Seine Männlichkeit in Frage zu stellen, schien nicht hilfreich. Dilyana zügelte ihre Wut.

‚Wenn dir lange die sinnlichen Freuden versagt blieben, musst du hungrig danach sein. Doch ich kann dir mehr als Willigkeit bieten. Du weißt es.'

Sie kämpfte mit allen Mitteln um ihr Dasein. Ihre Augen schimmerten tränenfeucht in den Regenbogenfarben.

‚Sicher! Und genau dieses schreckt mich. Dein fauler Zauber ist mir nicht verborgen geblieben. Er ist gerade gut genug, um Sterbliche zu verführen!'
Verächtlich drehte sich Aggelos weg. Das wortlose Band bröckelte.

Dilyana verzweifelte. Ihr blieb kaum noch ein Atemzug, um ihr Schicksal zu wenden.
‚Doch wirst du mich nicht besiegen können! Ich kenne eure Namen!'
Mit letzter Kraft entfloh ihren Lippen: „Yvetta, Tochter des Borislaw! Isabella! Aggelos, Aggolis, du untote Bestie aus Thoa!"

Er zuckte unmerklich zusammen. Sein Name bohrte sich wie ein Stachel in seinen Kopf. ‚Woher kennt sie meine Herkunft?'

Wieder flüsterte eine leise Stimme ihr Worte zu. Ihr schwächer werdender Geist spie sie als garstige Flüche aus:
‚Möge der Silberstreif der Sterne dir Nacht auf Nacht eitrige Warzen auf deinen Schädel brennen, auf dass du abstoßend hässlich wirst! Sie wird sich schon bald angewidert von dir abwenden!'
Aggelos vermeinte, ein Kribbeln unter seinem Kinn zu spüren.
‚Zungenfäulnis soll jedes deiner Worte in Gift wandeln!'

Ein Windstoß fegte durch den Saal und ließ die Kerzenflammen auflodern.
Wieder gierten Feuerzungen nach Aggelos Beinkleidern.

‚In Flammen aufgehen sollst du, noch bevor der Mond den Balkan hinabrollt!'

Verblüfft blickte er zurück zu Dilyana.
Das Lebenslicht in ihrem Blick begann zu verlöschen. Schon griffen Klauen aus dem Totenreich nach ihrer Seele.

Doch noch einmal flackerte ein grelles Feuer rings um ihn auf. Die Kerzenflammen tanzten wild.
Aus dem Rauch formte sich eine Nebelgestalt.
„Ihr Geist wird sich an deine Fersen heften, dich quälen mit feurigen Dolchen!"
Drohendes Wispern kroch in sein Ohr.
„Keine Ruhe sollst du mehr finden!"
Aus dem nahen Wald erklang klagend der Schrei einer Eule.
„Nagendes Getier und Gewürm sollen tags über dich herfallen. Nachts aber verbirg dich vor den scharfen Krallen der Totenvögel!"

Aggelos fühlte sich seltsam unbehaglich. Er schaute sich unschlüssig im Saal um.
Der Kerzenrauchschemen schwebte näher.
„Rasch, eile dich, bevor es zu spät ist! Du weißt, was zu tun ist!"
Sein Blick kehrte zurück zu den beiden Mädchen. Mit jedem Lebensfunken, der Dilyana entfloh, wuchs seine Beunruhigung.
„Ich vernichte deinen Eisstern in dieser Nacht, wenn du noch lange zögerst!"
Wie zur Bestätigung ihres Wisperns schoben sich Flammenzungen an Isabella heran.

‚Welche Mächte sind hier am Werke? Wie kann mich ein Geist so schrecken?'

Er schüttelte sich schaudernd.

Der Nebel berührte ihn an den Händen und glitt hinauf zu seinem kahlen Schädel. Er hinterließ heiße Striemen auf seiner Haut.

„Aggolis, Aggelos tu es! Sie ist ein besonderes Wesen", verlegte sich der Rauchschemen aufs Flehen. „Du wirst sie bald zu schätzen wissen."

‚Nichts als Ärger mit den Weibsbildern.' Er seufzte still. ‚Ich habe es geahnt!'

Nachdenklich wiegte er den Kopf. ‚Soll ich noch einer Sterblichen die Pforte zur ewigen Dunkelheit öffnen?'

Bei Yvetta war die Sache einfach. Er wollte sie als gefügige Nachtgefährtin. Ihr schlichtes Gemüt entsprach ganz seinem Geschmack. Sie würde für ihn keine unliebsamen Gefahren bereithalten.

‚Aber ihre Schwester?'

Er blickte auf Dilyana.

‚Welches Geheimnis schlummert in deiner Seele? Du scheinst mächtige Fürsprecher in der verborgenen Welt zu haben.'

Er wusste nicht, ob er sich diesen Mächten widersetzen konnte. Die Drohungen des Geistes hinterließen durchaus Wirkung in seinen Gedanken.

Dennoch versuchte er es.

„Was soll ich mit zwei Weibern? Einen Harem halten wie der osmanische Sultan?"

„Warum nicht? Schätze genug hast du bereits gehortet, um beide zufrieden zu stellen. Oder hapert es an deinen ... ähm ... Manneskräften?", spottete der Geist, der selbst ein Weib zu sein schien.

Sinnliche Lippen tauchten vor Aggelos auf, streiften seinen Mund. Ein süßer Hauch von warmen Frauenleibern hüllte ihn ein. Seine Männlichkeit regte sich pochend. Geisterhände griffen kräftig zu und kniffen seine ersteifende Schlange.

Ein Lustschauder durchfuhr Aggelos.

„Sie wird eine gefährliche Strywupur werden. Wirst du sie lehren?", fragte er leise.

„Ja, ich werde vollenden, was mir zu Lebzeiten versagt blieb!"

Aggelos gab sich geschlagen.

„Nun, dann sei es!"

14

Aggelos zerrte Isabella von ihrer Schwester weg, kurz bevor Dilyana das Tor in die Jenseitswelt ganz durchschritt.

Isabella heulte auf. Sie fühlte sich noch längst nicht gesättigt. Der wundervolle Saft durchströmte sie, wärmte sie, schenkte ihr ein wohliges Glücksgefühl. Sie wollte mehr davon!

„Genug!"
Er griff nach Isabellas Arm und biss zu. Blitzschnell drückte er die Wunde auf Dilyanas Mund.
Empört funkelte Isabella ihren Meister an.
„Was ...?"
Doch er hieß sie mit einer unwirschen Handbewegung schweigen.

Kaum berührten die ersten Tropfen Dilyanas Lippen, schluckte sie durstig.

„Ihr Blut ist nutzlos!", keifte die Geisterstimme dicht an seinem Ohr. „Du musst ihr deines geben!"
Unwillig verzog Aggelos das Gesicht.
„Was zauderst du noch immer?" Sie wurde wütend. Ärgerlich spie sie ihm Feuerfunken entgegen.
Aggelos duckte sich erschrocken. Ihr heißer Hauch versenkte ihm die Haut. Kleine Brandblasen blühten auf. Nie gefühlter Schmerz durchzuckte ihn.

Gehorsam stieß er Isabella zur Seite. Sie fiel zu Boden.

Er riss sich seine Ader am Armgelenk auf und ließ sein Blut in Dilyanas Mund tröpfeln.

Isabella rappelte sich verstört auf.
Ihr Blutrausch verflog, als ihr Quell der Köstlichkeit versiegte. Die Schleier um ihre Sinne begannen, sich langsam aufzulösen.
Mit wachsendem Entsetzen blickte sie auf ihre Schwester, die gierig an der Wunde an Aggelos Arm saugte.
Dilyanas angstverzerrtes Gesicht glättete sich bei jedem Tropfen, der in ihren Mund rann. Selbst die kleinen Fältchen um ihre Augen verschwanden.
‚Und ihr Haar verändert sich!'
Wie züngelnde Feuerschlangen lösten sich Strähnen aus den Zöpfen.

Isabella schluckte schwer. Wieder bemerkte sie einen fremden, aber herrlichen Geschmack auf ihrer Zunge. Schlagartig wurde ihr bewusst, dass Dilyanas Blut ihrem Gaumen kitzelte. Sie sah sich selbst über Dilyana gebeugt, scharfe Zähne in das Fleisch ihrer Schwester schlagend.
‚Wie Aggelos in der vergangenen Nacht von meiner Kehle trank.'
Sie tastete nach der Stelle am Hals. Doch sie fühlte nur glatte, kühle Haut und keine Narbe. Auch das Bissmal an ihrem Arm war nur noch als blasser Streifen sichtbar.
‚Wie kann das sein? Was geht hier vor?' Sie fand keine Erklärung.
Nachdenklich leckte sie sich über die Lippen und schmeckte dieses widerliche, prickelnde Blut.

Eine Welle des Ekels durchzuckte sie. Jedoch rührte dieses Gefühl nur aus ihrem letzten Rest menschlichen Gewissens. Ihr Bauch dagegen verlangte nach mehr.

Isabella fühlte sich verwirrt.

„Meister Aggelos, was geschieht mit mir?", wagte sie zaghaft zu fragen.

„Gedulde dich!"

Er war noch immer über Dilyana gebeugt. Mit seiner freien Hand strich er behutsam ihre rote Lockenpracht beiseite.

Isabella bemerkte es mit Missfallen.

Bald darauf schlug Dilyana die Augen wieder auf.

Aggelos entzog ihr seinen Arm. Ihre Zunge leckte über die Lippen, trank noch den letzten Tropfen der Wiederkehr.

Aufmerksam betrachtete Aggelos die frisch erweckte Vampirin.

‚Würde sie Male aus dem Reich der Verdammnis tragen?'

Nur eine leichte Blutröte überzog ihre Wangen. Doch kein dämonisches Zeichen konnte er erkennen.

„Willkommen in der Ewigkeit!"

Er half ihr, sich aufzusetzen.

Sie lächelte, noch ein wenig benommen.

In ihren waldgrünen Augen glomm ein wildes Feuer. Es schien Aggelos wie ein Spiegel uralten Wissens, zu dem ihm der Zugang verwehrt war. Ein winziger Hoffnungsschimmer streifte ihn:

‚Kannst du mir womöglich den Weg zur Erlösung weisen?'

„Nun bin ich wie du!", stellte sie fest. Sie wusste um ihre Wandlung. Ein Flüstern aus weiter Ferne klang in ihrem Kopf. Sie verstand nicht die Worte, ahnte aber ihren Sinn, ahnte, dass die alten Legenden wahr sind.

Aggelos grinste. „Kluges Mädchen!"
‚Und nicht ungefährlich, kleine Strywupur', fügte er still hinzu. Er hoffte, dass Dilyana seine Gedanken nicht mehr wahrnahm.
‚Soll sich erst einmal dieser Weibsgeist um sie kümmern und sie lehren. Sie hat es versprochen!'
Er blickte sich suchend um.
Doch sie war verschwunden.

Isabella verschlug es die Sprache. ‚Wie kann Dilyana es wagen, so mit meinem Meister zu sprechen!'
Sie schob sich näher an Aggelos heran, der sich neben Dilyana auf dem Lager niedergelassen hatte.
„Setz dich zu mir." Mit der Hand klopfte er auf den Platz an seiner anderen Seite.
Argwöhnisch äugte sie auf ihre Schwester. Eifersucht regte sich.
‚Bekommt sie nun die Gewänder und Geschmeide?'
Aggelos spürte ihre Gedanken.
„Sei nicht so selbstsüchtig, mein Eisstern! Es warten mehr Schätze auf dich, als du dir vorstellen kannst", flüsterte er in ihr Ohr.
Isabella schluckte ergeben ihren Ärger hinunter.

Dilyana schaute sich indessen interessiert um. Aus der Dunkelheit jenseits des Kerzenscheins schälten sich Umrisse heraus. Bänke und Tische lagen ungeordnet in der hinteren Ecke. Eine Art Thron erhob sich vor einem Kamin, in dem schon lange kein Feuer mehr knisterte. Darüber hingen gekreuzte Schwerter unter einem Wappen.

Aggelos Stimme, die ihr nun weich und zärtlich erschien, riss sie aus ihrer Betrachtung.
„Meine Liebe, auch du sollst für dein ewiges Leben einen neuen Namen erhalten. Der Grund dafür ist dir ja bestens bekannt."
Er überlegte einen Moment. Die Mädchen hielten gespannt den Atem an.
Versonnen spielte er mit dem roten Haar, das in ungeordneten Strähnen über Dilyanas Schultern floss.

„Anastasis - Auferstehung", murmelte Aggelos, „Eis und Feuer. Isabella und …" Er wiegte sinnend den Kopf.
„Annabella!"
‚Annabella.' Dilyana lauschte dem Klang des Namens.
Er gefiel ihr. Sie nickte zufrieden.

Aggelos erhob sich und blickte auf die Mädchen hinab.
„Nun, meine Kinder, ich muss gestehen, ich war nicht wirklich auf Gesellschaft in meiner Burg vorbereitet. Es gibt einiges zu tun."

Doch bevor er sich um diese Angelegenheiten Gedanken machen konnte, musste er dringend seinen Durst stillen. Die Wandlung der beiden hatte ihn viel Blut und Kraft gekostet. Hunger nagte in seinen

Gedärmen. Seine Haut, noch immer von kleinen Brandrosen überzogen, fühlte sich trocken und rissig an.

„Isabella, du wirst deiner Schwester Gesellschaft leisten. Ihre Umwandlung wird rasch vollendet sein. Noch ist sie jedoch geschwächt. Wache über sie und rühre dich nicht fort. Ich bin bald wieder bei euch."

Damit verschwand Aggelos, als hätte er sich in Luft aufgelöst.

Annabella sank mit einem unbestimmten Lächeln auf den Lippen zurück auf das Lager.
„Ich habe dir doch versprochen, dass wir immer zusammenbleiben, was auch geschehen mag."

Bedächtig nickte Isabella.
„Aber was ist nur mit uns geschehen?" Noch immer fühlte sie sich verwirrt. ‚Aggelos hat mir Antworten versprochen, doch jetzt ist er einfach verschwunden!', dachte sie verärgert.

„Erinnerst du dich an die alten Legenden von blutsaugenden Untoten?"
Wieder nickte Isabella.
„Aggelos ist so ein Wesen der Zwischenwelt."
„Nein, das glaube ich nicht. Das sind doch nur Ammenmärchen", widersprach Isabella heftig. „Meister Aggelos mag zwar wunderlich sein, aber ..."

„… er trank dein Blut und er gab dir seines in der letzten Nacht. Richtig?"
„Ich glaube schon, aber …"
Annabella blickte spöttisch zu ihrer Schwester auf.
„Kein Aber! Denk nur an seine stechenden Augen, seine eisigen Hände und wie sehr du dich vor ihm gefürchtet hast. Und jetzt?"
Isabella sann über die Worte nach.

„Er hat uns zu Vampiren gewandelt und in seine Schattenwelt geholt."
Nur ganz langsam breitete sich der unglaubliche Gedanke in Isabella aus.
Sie leckte über ihre Lippen und schmeckte einen letzten Tropfen des Blutes ihrer Schwester. Ein seltsamer Durst befiel sie.

„Wir sind unsterblich, Schwesterherz!", flüsterte Annabella, bevor sie in einen leichten Schlummer fiel.

Isabella saß an ihrer Seite, wie Aggelos es ihr befohlen hatte. Grübelnd blickte sie auf ihre Schwester herab.

Leseprobe:

Das Dämonenamulett

Petra Starosky
ISBN-978-3-8459-0738-3
Erschienen: August 2013,
AAVAA-Verlag
als Taschenbuch, in Großschrift
und als E-Book
215 Seiten

Erion stocherte gedankenverloren im Feuer und lauschte auf den schaurigen Gesang des Windes.

Er blickte hinaus in die Dunkelheit. Manchmal meinte er, den klagenden Ruf eines Nachtvogels zu vernehmen, manchmal den hungrigen Schrei eines Raubtieres. Und manchmal verwob der Sturmwind all diese Geräusche zu einem Angst einflössenden Nachtlied, das von Jagd und Tod sang.

Müdigkeit kroch nun auch Erion in die Glieder. Seine Lider wurden schwer. Nur mühsam konnte er die Augen offenhalten.

Schließlich lehnte er sich in eine kleine Felsnische.

„Was soll passieren?", sagte er sich und zog seinen Umhang fester um
sich.
Kurz darauf verfiel er mit dem Gesang der Nacht im Ohr in einen leichten Schlummer.

Plötzlich schreckte er auf.
Um ihn herum herrschte Totenstille. Die Tiere waren verstummt, der Wind schwieg. Selbst das Feuer knisterte nicht mehr.
Er fühlte sich, als wäre der Nebel in seine Ohren gekrochen und würde sein Gehör lähmen.
Erschrocken starrte er hinaus in die Schwärze der Nacht.
Er sah nichts als eine Wand aus Dunkelheit.
Seltsame Furcht griff nach ihm.
Verzweifelt schüttelte er seinen Kopf, bohrte mit den Fingern im Ohr, um seinen Gehörsinn zurückzuerlangen. Doch vergeblich.
Aus einem unerklärlichen Grund konnte er seinen Blick nicht von der Finsternis vor der Höhle abwenden.
Ganz langsam begann sie sich zu bewegen. Das Schwarz waberte und floss in alle Richtungen auseinander, als fliehe die Dunkelheit vor etwas noch Geheimnisvollerem.
Mittendrin schälte sich eine Gestalt heraus.
Erion stockte der Atem.
Der Schemen kam näher. Weiße Arme reckten sich ihm entgegen.
Langes, strahlend helles Haar umfloss einen weiblichen Leib. Üppige Kurven zeichneten sich unter einem hauchfeinen Schleier aus seltsamem Stoff ab.
‚Zindal!'

Das Wort glitt dicht an Erions Bewusstsein vorbei.

Wieder schüttelte er sich.

„Es muss ein Traum sein!", versuchte er sich einzureden.

„Erion! Erion!"

Eine liebliche Stimme rief seinen Namen.

„Ich friere!"

Sie stand nun ganz nah am Feuer.

„Ich bin hungrig!"

Erion sah, dass sie barfuß war.

Sein Blick wanderte ihren wohlgeformten Körper hinauf. Ihr Gewand zeigte mehr, als es verhüllte.

„Wer bist du?"

Kaum mehr als ein Hauch waren seine Worte.

Leises Lachen antwortete ihm.

„Du musst ein Engel sein!"

Kein sterbliches Wesen könnte so spärlich bekleidet den eisigen Klauen des Sturmes trotzen.

Wieder lachte sie und schwebte noch näher zu ihm. Ihr zartes Gesicht schimmerte alabastergleich dicht vor Erion.

Ihre Augen zogen Erion in ihren Bann.

‚Sommerhimmelblau in einem Sternental!' Solch ein Blau hatte er noch nie gesehen.

An seinen Augenwinkeln huschte ein tiefes Rot vorbei. Ihre Lippen näherten sich seinem Mund.

Seine Männlichkeit war längst erwacht und lauerte gierig auf die erste Berührung dieses himmlischen Körpers.

Kaum ein Buchenblatt trennte ihre Lippen noch voneinander.

„Krächzzz, Kräh, Krächzzz, Kräh …"

Erion zuckte zurück. Einige Krähen meldeten sich erbost zu Wort.

Ärgerlich schaute sich Erion nach ihnen um.

Sie funkelten ihn mit seltsamem Blick an.

Auch Shaban regte sich im Schlaf, drehte sich aber nur einmal um.

Seufzend lehnte sich Erion in seine Felsnische zurück.

„Was für ein schöner Traum."

„Erion, wir sehen uns bald!"

Der Wind flüsterte ihm diese Worte ins Ohr.

Wieder erstarrte er. War es doch kein Traum?

Ein ekelhafter Hauch stach in seine Nase.

„Isabella!" Der Name schwebte heran. „Er nennt mich Isabella!"